鉞（まさかり）ばばあと孫娘貸金始末

まがいもの

千野隆司

集英社文庫

目次

鉞（まさかり）ばばあと孫娘貸金始末

まがいもの

第一話　売れない絵師

一

群れて咲く白い卯木の花が、四月半ばの日差しを浴びて輝いている。微風で花の先が揺れると、輝きも小さく揺れた。飛び立つ前の紋白蝶が、群れているようにも見えてお鈴は足を止めた。

簾の振り売りが、眠くなりそうなのんきな呼び声を上げて通り過ぎた。浜町堀の水面には、満載の荷船が、艪の音を立てている。

合切袋を手にしたお鈴は、看板描きの仕事のために神田松枝町の家から深川元町の煙管屋へ向かって歩いていた。合切袋には、太さの違う筆や硯、墨などの商売道具が入っている。

お鈴は、店の軒下に吊るす提灯や出入口の腰高障子、屋根に乗せる看板に、屋号の文字や、扱う商品の絵を描くことで駄賃を得ていた。書や絵は、師匠について習ったわけではない。自分で工夫をした。

「上手とはいえないが、味のある字だ」

と言われる。

「通った人が、振り向くような絵を描いてもらいたいねえ」

おおむね依頼主からの要望は、瓢箪(ひょうたん)やひょっとこ、飛び跳ねる蛙(かえる)など、ひょうきんなものが中心となる。墨一色で、太筆から細筆まで何本も使い分けた。

依頼をしてくるのは、大店老舗(おおだなしにせ)ではなく、小店か屋台店がほとんどだ。商う品の内容や、店の構え、それらを踏まえて図柄を考える。制約が少ないから、腕をふるえる。

初めは遊びのつもりで、近くの小店の腰高障子に描いた。その評判が良くて口伝(くちづ)てに広がり、知らない人からも頼まれるようになった。

手間賃は、腰高障子一枚で百二十文、二枚で二百文と決めていた。前は相手から貰(もら)う気持ちばかりの銭でいいと思っていたが、祖母のお絹(きぬ)から、はっきり決めなくてはいけないと言われた。

「手間賃をはっきり決めて、それに見合った仕事をすればいいんだ。それができないんなら、稼業とはいえないだろ」

もっともだと思った。だから絵には工夫を凝らす。

近頃の日雇い人足の手間賃は、一日で二百文から三百文である。それを十七歳の小娘が、半日で稼いでしまう。

だからこそお絹は、覚悟を持ってやれと言っていた。

とはいっても、依頼が殺到しているわけではなかった。三日や四日、間が空くのは珍しくなかった。だからまだ、一人で長屋を借り食べてゆくことはできなかった。

「早く一人前になりたい」

それがお鈴の夢だった。

今日は煙管屋だから、昨日からいろいろと絵柄を考えていた。羅宇の部分を太くしたり、逆に火皿や雁首、吸い口の部分を大きくしたりして目立つようにしたい。また火皿と雁首を笑い顔や怒った顔にしてもいいと下絵を描いてみた。

依頼主にも見せて、その場で話し合って決める。

そんなことを考えながら歩いていると、新大橋の袂までやって来ていた。

「おや」

しょぼくれた身なりの、貧相な五十代後半の男を見かけた。思いつめた顔で、着物の袂に石を入れている。

様子がおかしいのでよく見ると、顔に覚えがあった。絵師の与三次だ。祖母お絹が金を貸している。

お絹には亭主はなく、金貸しを稼業にしていた。お鈴と二人暮らしだ。

お鈴の両親は、十年ほど前にあった火事で亡くなった。芝大門前の通りで、屋台のこわ飯屋を営んでいた。兄弟姉妹はなかった。

「屋台を引く小商人の女房になるなんて、気が知れない。どうせなら、大店の女房におなり」

お絹の考え方だ。母お静はお絹の反対を押し切って、父足助と所帯を持ったのである。

だから行き来はなく、お鈴がお絹に初めて会ったのは、両親の葬儀のときだった。

父の生国は東北で、焼け出されたお鈴は、母方の祖母お絹に引き取られたのである。

そのときお絹は渋々といった顔をしていて、子ども心にも歓迎されていないのは分かった。

お絹の家に移ったその日から、家事をやらされた。十歳になったときには、利息の取り立てにも行かされた。今もやらされている。

「あんた、食べさしてやってんだからね」

口癖だった。

「与三次さん、あんな恰好で歩き出した」

石で重くなった袂を大事に抱えて、橋を渡り始めた。とぼとぼといった感じだ。向こうから歩いて来る人とぶつかりそうになる。姿が目に入らないのか。

若い衆が、舌打ちして避けて通り過ぎた。

そして与三次は、橋の真ん中で立ち止まった。欄干に寄った。お鈴は仕事場へ行かなくてはならないが、こうなるとそのままにはできない。自分も立ち止まった。

履いていた草履を脱いだ。揃えている。これでもう、何をしようとしているのかはっきりした。

欄干に手をかけたところで、お鈴は駆け寄った。

「馬鹿なことをしちゃあ、いけないよ」

しがみついた。全身の力をこめている。

「死なせてくれ」

与三次はもがいた。

年寄りとはいっても、男の力だ。体が振り回された。それでもお鈴は、摑んだ帯を離さない。

「寝言を言っているんじゃないよ」

気がついた近くを通った職人ふうが、力を貸してくれた。人が集まってくる。職人ふうが与三次を押し倒して、体を橋板に押しつけた。

お鈴はその間に、袂の石を取り出した。

「ああっ」

しばらく手足をばたつかせた与三次だが、どうにもならないと観念したらしかった。

東の橋袂まで連れて行って、ともあれお鈴は事情を聞く。手を貸してくれた職人ふうは急ぐというので、行ってもらった。

「お絹さんから借りた借金の返済期限が、迫っているんだ」

半泣きの声で、与三次は言った。金高は十二両で、返済期限は四月末日だと言う。今日は四月十七日だから、迫っていることは確かだ。お絹は返済期日については、極めて厳しい。

それはお鈴も分かっている。

「絵をいっぱい描けばいいじゃないか」

「いや、仕事もうまくいっていないんだ。あたしはもう、生きていても仕方がない。楽しいこともない」

与三次の女房お君が、先月亡くなったのを思い出した。その治療費が欲しくて、与三次はお絹から金を借りたのだ。女房想いだったから、落胆は大きかったのだろうと想像はつく。夫婦に子どもはいないと聞いていた。

とはいえ、死なせるわけにはいかない。

「そんなことはないよ。生きていりゃあ、必ずいいこともあるから」

とにかく宥めて、看板描きの仕事に付き合わせることにした。放してしまうと、また身投げをしかねない。

「あたしから離れちゃいけないよ」

腕を摑んで、深川元町の煙管屋へ行った。与三次はもう、じたばたする気配はなかった。

「こんな感じの絵にしたいのですがね」

お鈴は、合切袋から用意してきた下絵を出して主人に見せた。人間に見立てた煙管が、踊っている。

「こりゃあ面白いじゃないか」

主人夫婦は、満足そうに頷いた。すると与三次が、下絵を覗き込んできた。

「絵はいいが、配置はこうした方がいい」

お鈴の筆を取ると、さらさらと見本の絵を描いた。

「なるほど」

言われたようにすると、大小の煙管が踊り出したように見えた。教えられたままの構図で、腰高障子に描いた。

「素晴らしい」

煙管屋の夫婦も大喜びだった。さえない貧相な爺さん絵師を見直した。

お鈴は励ますつもりで、受け取った手間賃の中から五十文を与えた。与三次の悲痛だった表情が、それで少しだけ和んだ。

絵の力を褒められたのが、嬉しかったのだろう。

そしてお鈴は、神田豊島町の与三次のしもた屋まで送ることにした。もう大丈夫だとは思うが、途中で変な気持ちを起こさせないためだ。

歩きながら、与三次の暮らしぶりについて聞いた。

「与三次さんは、おかみさんが亡くなって、絵を描く気持ちもなくなったっていうことですか」

「ああ。もう絵を描いても、しょうがない」

「でも絵を描けば、借金を返せるんじゃないかい」

お絹は、返せないと見込んだ者には貸さない。泣き落としには、心を動かさない婆さんだ。

絵の技量を認めたから貸したのだ。

「そうかもしれないが、今となってはねえ」

「好きで始めた絵描きの仕事じゃないんですか」

自分だって、看板の絵は好きだから描いていると、お鈴は胸の内で呟いた。

「そうだがね。あたしの絵なんて、しょうもない」

「ええっ」

己を貶める言葉に驚いた。絵描きでこの歳まで食べられてきたのに、何故そんなことを言うのか。

事実煙管の絵では、的確な助言ができた。ただ者ではない。

「それに今のあたしは、天涯孤独の身の上だ」

「おかみさんとの間には、子どもはいなかったのかい」

「いたがね、十一年前の火事で死んじまった」

ため息になった。このことが、一番大きいらしかった。

「どんな様子だったの」

お鈴も火事で焼け出された子どもだったから、他人事だとは感じなかった。その日の朝まで元気でいた両親を、いきなり亡くした。そのときの驚きと怖さ、心細さは忘れない。

「あたしには、版木職人をしていた倅の与助と女房、それに孫娘のお由がいた。お由は、生きていれば、十六歳になる」

「三人の遺体は、見つかったの」

お鈴の父足助と母お静の遺体は、長屋の近くで発見された。

「倅と嫁の遺体は、あった。お由のは、はっきりしなかった」

長屋の近くに、子どもの焼死体があった。体の大きさはほぼ同じだったが、男女の区別が分からないほど焼け焦げていた。

「たぶん、あれだと思う」

目に涙をためた。

「長屋には、同じ年頃の子どもはいなかったのかい」

「いたとは思うが」

「それならば、生きているかもしれないじゃないか」

話を聞いたお鈴は、強い口調で言い返した。死んではいない可能性がある。はっきりするまでは、死ぬ気はなくなるだろうという気持ちがあった。

「あたしもそう思って、捜したんだ」

たった一人の血縁だった。必死になって捜したが、どうにもならなかった。

「まだ諦めることはないよ」

自信なんて何もないが、ともあれ言った。そして自分も火事で両親を亡くしたが、祖母に引き取られたことなどを伝えた。どこの火事でも、孤児（みなしご）になる子どもは少なからずいた。

話をしたからか、与三次の死にたい気持ちは、いく分収まったかに見えた。

話しているうちに、神田豊島町の与三次の家に着いた。古くて狭いしもた屋だった。

二

お鈴が松枝町の家に帰ると、お絹に金を借りようとする客が来ていた。三十代後半の、商家の主人といった外見だった。

「何とぞお貸しくださいまし。返済は期日までに、必ず元利を揃えてお返しいたします」

両手をついて言っていた。額と首筋に汗が浮いている。

「期日までに返すのなんて、当り前じゃないか。それでももし返せなくなったら、どうするね」

「それは」

すぐには返事ができなかった。借りることばかりが、頭にあったからだろう。

「一番肝心なところだ。そこをはっきりさせなくちゃいけないよ」

「も、もちろん、身を粉（こ）にして、働いて」

最後まで言わないうちに、お絹は強い口調で言った。

「あんたの店は借地だが、建物は自前だね。それを貰うよ」

「いや、まあ、それは」

しどろもどろだ。

「それがまずいならば、十六歳になる娘がいるね。それを売ってもらう」

問答無用といった口ぶりだ。それからお絹は、床の間に立てかけてある袋を手に取った。中から、ぴかぴかに磨かれた鉞（まさかり）を取り出した。口元に、ぞくりとするくらい冷酷な嗤いを浮かべた。

　客の主人ふうは、生唾を呑み込んだ。

「あたしゃ命懸けで金を貸しているんだよ。あんただって、命懸けで返してもらわないとねえ」

　初めて金を貸す相手には、鉞を手にしながら必ず口にする言葉だった。近所の者や一度でもお絹から金を借りた者は、『鉞ばばあ』と呼んで怖れた。

「それは、まあ」

「金を借りる以上は、それだけの覚悟をおし。甘えちゃあいけないよ」

　お絹は、鉞の刃先に指を添えた。磨き抜かれた刃の部分に、お絹の顔が映っていた。目鼻立ちが整っていて、若い頃は相当な器量よしだったと思わせる。けれども鉞の刃先に映っている顔は、ぞっとするほど般若そのものだった。

「そ、それでは。またの機会に」

　主人ふうは、怯えた目を鉞に向けてから、強張った顔で改めて頭を下げた。金は借りなかった。

　鉞は、毎日のように砥石で研いでいる。お鈴には触らせない。お鈴は近所の者からお転婆だと言われるが、自分などは可愛いものだと思う。

　お絹は恵まれない子ども時代を送ったと聞いている。料理屋の仲居を経て、金持ちの囲われ者になった。そのときにためた金や銭が、今の金貸し業の種銭となった。

共に暮らしているお鈴ではあるが、お絹がどれほどの金子をため込んでいるかは分からない。ただ若い頃に得た種銭を、気迫と才覚で増やしてきたことは、間違いないと思っていた。

金を借りに来た主人ふうは、悄然と引き上げた。

「かわいそうだね。相当困っていたらしいけど」

「あんたは、甘いねえ」

一喝された。こういうことは、よくある。

「あいつには、覚悟がなかったんだよ。鋏を見せると、震えあがったじゃないか」

お絹は愉快そうに言った。そして続けた。

「あんなやつの泣き言や、哀れを誘うようなしぐさや決意なんて、いよいよ追い詰められたら、何の役にも立たないよ」

「そうかなあ」

必死だったように見えた。

「ふん。あいつはどこへ行っても、同じ泣き言を口にしているよ」

返せなくなったら、泣くのはこちらだ。

「情けがあるから貸すんじゃない。商いで貸しているんだ」

とぴしゃりと言った。

「あんたは人を見る目ができていない。だから半人前だって言うんだよ」

半人前と決めつけられるのが、一番悔しいお鈴だ。食事作りを含め、家事はちゃんとやっている。看板描きで収入も得られるようになった。ただまだ、独り立ちできるようにはなっていない。

お絹には、何を言われても頭が上がらない。

七歳で引き取られたときから、食べることでひもじい思いをしたことは一度もない。同じ屋根の下に住んで、寒さに震えるようなこともなかった。読み書きや算盤も教えてもらった。

風邪で熱を出したときには、粥を作ってくれた。祖母と孫という、血の繋がりがあったからに他ならない。

お絹には、倉蔵という弟がいる。不遇の幼少期を過ごしてから江戸を出た。嫌われ者で過ごした年月があるらしいが、江戸へ戻って来た。

お絹の助力を得て更生し、今は一回り以上も若い女房おトヨと、松枝町の隣小泉町で田楽屋を営んでいる。そして定町廻り同心須黒伊佐兵衛から手札を得て、岡っ引きの仕事もしていた。

近隣に住まうやくざ者や破落戸たちには、怖がられている。

お鈴にとっては、大叔父に当たる人物だ。倉蔵とおトヨには子どもがないので、お鈴を可愛がってくれた。倉蔵は諸国を放浪していたときに、揚心流の柔術を身につけた。刀を腰にした侍にも怯まない。

お鈴はお絹に引き取られた直後から、倉蔵から柔術を習った。今では町の与太者など、怖れることもない腕になっていた。

お鈴は、お絹に与三次と会った話をした。

「あいつは、意気地のないやつだねえ」

話を聞いたお絹は、あっさりと言った。そうだと思うが、気になった。情では貸さないお絹が、何故与三次に金を貸したのか。しもた屋に住んではいても借家だった。これは家を出てから近所で訊いた。

売り飛ばせる娘もいない。

「あいつの絵の腕は、確かだと思ったからさ」

「ふーん」

お絹に絵を見る目があるのかどうかは疑問だが、口にはしなかった。疑いを口にすれば、十倍になって返ってくる。

ただ看板描きのときの与三次の助言や手本は、見事だった。だから、その言葉は受け入れられた。

「今までだって、絵で食べてきたんだ。描かせりゃあいいんだよ」

　お絹は、返せると踏んでいる。描きためた絵だってあるはずだから、それを売らせればいいと付け足した。

「売り先は、あたしが捜したっていいんだ」

　お絹は与三次の絵の腕を買っている。ただそれは、金を稼ぐ手立てという意味だとは言われなくても分かった。絵が好きなわけではない。お絹の道楽は、銑を研ぐことだとお鈴は思っている。

「この二、三日は、様子を見にお行き。また何をするか分からない」

　与三次の身を案じてのことではない。死なれては、貸金を取りはぐれるからだ。

　孫娘お由のことも訊いた。

「十一年前に、湯島界隈で火事があった。あいつの倅と嫁が同じ町で暮らしていて、二人の間に娘がいたというのは聞いたよ」

　倅夫婦がいたのは湯島三組町で、ここに出火元があった。三組町だけでなく、周辺の町も焼けた。多数の死傷者が出た。

「あいつはずいぶん悲しんだらしいけど、そのときは女房がいた」

　食わなくちゃならないから、絵は描いていた。しかし詳しいことは分からない。

「与三次さんの絵は、見たことがあるの」

「あるさ。目利きの者にも見てもらった」

　それならば、確かだろう。

　その日の夕刻、お鈴は倉蔵のところへ行って、柔術の稽古を受けた。倉蔵はもう、手加減をしない。それでも今では地べたに叩きつけられるようなことは、ほとんどなくなった。

　新しい技を覚えられるのは、喜びだった。たまには倉蔵の体をぐらつかせることもある。

　稽古の後で、十一年前に湯島であった火事について尋ねた。

「身元の知れない子どもの焼死体は、いくつもあった。逃げそこなったのだろう」

「火に追われる中で転んで、足を痛めたらどうにもならないもんね」

「長屋の近くにあった焼死体が孫の背丈に近かったらどうだ」

「自分の孫だと思うだろうね」

「そういうことだ」

　倉蔵が返した。火事場の怖さは、お鈴もよく分かっている。ただそのとき、孫娘のお由がどこかへ遊びに行っていたらどうか。

　老若、性別の分からない焼死体は、多数あったという話だ。

三

お鈴は、洗濯を済ませると与三次の様子を見に行った。昨日に引き続き、今日も朝から晴天だった。

「こんにちは」

閂などかかっていない木戸を開けて、お鈴は敷地の中に入った。猫の額ほどの庭があるが、手入れをしていないので、雑草が伸びている。ただその中で、紫蘭が紫紅色の花をつけているのに気がついた。

与三次は縁側に腰を下ろして、その庭をぼんやり見詰めていた。部屋は散らかったままで、絵を描いている様子はなかった。

「ああ、お鈴ちゃん」

絵の道具を部屋の隅に押しやると、座る場所を拵えてくれた。

絵具はすっかり干からびている。筆の手入れもしていない。片付けることも使うこともない無気力さが、そこから伝わってきた。

「これまでに、描きためた絵があるのですか」

「あるよ」

「見せてよ」

「見たってしょうもない」

面倒くさいらしかったが、それでも頼んで見せてもらう。押入から、四点を取り出した。どれも彩色の花鳥の絵だった。

「まあ」

花は咲きにおうかのように、鳥は今にも木の枝から飛び立ちそうに見えてどれも素晴らしかった。絵の隅には、落款まで捺してある。とはいえその落款は、与三次というものではなかった。

「若い頃は、狩野派の絵を学んだんだ」

与三次は呟くように告げた。狩野派と言われても、お鈴は将軍様の御用を受ける偉い絵師だというくらいしか分からない。ただちゃんとした絵を学んだのだとは思った。

「これを売ればいいじゃないのさ」

お絹への返済など、すぐにできそうだ。そのために、描いたはずだ。

「いや、こんなもの」

与三次は、自分が描いた絵を貶した。謙遜ではない。絵に向けた目には、明らかに不快なものを見る気配があった。

「こんなによくできているのに」

お鈴はおかしな人だと思った。

「でもこれまでは、描いたら売りに行っていたんでしょ」

「それはそうだが」

女房は、長患いだった。

「どこに売りに行っていたの」

「高麗屋という古物屋だ」

神田平永町にあるそうな。主に書画を扱う老舗だと付け足した。

「どうして、売りに行かないの」

「それはなあ」

黙ってしまった。何かわけがあるらしいが、口にはしなかった。売らなければお絹からの借金は返せない。お絹は返済の日延べなどは一切しないから、ひと悶着起こるだろう。

鉄の出番になってしまう。

今のところは身投げする気配はないので、お鈴は湯島の三組町に向かった。

無駄かも知れないが、与三次の孫娘お由が生きているかいないか、探ってみるつもりだった。存命だと知れば、暮らしに張り合いが出てくるのではないか。

その途中、八ツ小路に出た。江戸有数の繁華な場所で、屋台店や大道芸人が出て、いつものように人は多かった。

独楽回しの大道芸を見ている、幼馴染の豆次郎に気がついた。

「ぼやっとしてないで、さっさと用をお足しよ」

頭ごなしに言ってやった。

「えへへ、いやあ」

豆次郎は、へらっと笑って頭をかいた。

同い年の豆次郎は、小泉町の錠前職親方甚五郎の跡取りだ。十年前の、お鈴が両親を亡くした同じ火事で、豆次郎も二親を亡くした。子どものいない甚五郎とお玉夫婦に貰われた。通りを隔てただけの近所だったから、親しい付き合いをしてきた。

手先は器用らしいが、気が弱くて臆病者だ。自分に自信がないからへまをして、叱られてばかりいる。

「おいらは、職人には向いていないのかもしれない」

たまに意気地のないことを口にする。しかし甚五郎夫婦に貰われた以上、錠前職を継ぐしかない身の上だった。

「また油を売っているんだね」

「そんなことはねえさ、息抜きだよ」

「同じようなものじゃないか」

軽いやつだとは思うが、嫌いではない。大身旗本の次男坊を懲らしめようとしたときに、怖がりながらもお鈴の身を案じてつけてきた。それは忘れていない。

湯島三組町へ行った。

お鈴はまず、町の自身番へ顔を出した。倉蔵はここの初老の書役と知り合いだというので、自分はその姪だと伝えて話を聞いた。こういうとき、倉蔵がいるのは大きい。

火事があったときには、すでにここで書役をしていたという。

「ああ。そういえば、与三次という方が息子夫婦を捜してやって来ていましたね」

そういう者は多かったので、思い出すのに手間がかかった。ただ一度思い出すと、ある程度の状況は頭に浮かぶらしく、いろいろと教えてくれた。

夫婦は当時五歳の娘と三人で暮らしていた。

「夫婦仲は、よかったと思いますよ」

二人は家にいて、火事に巻き込まれた。五歳の娘だけが、外へ遊びに出ていた。

与助という与三次の倅は、手先は器用だったが、絵の世界に入らなかった。父の期待に反して版木職人となった。

父子は絶縁ではなかったが、密な関わりは持っていなかった。火事の後、与三次が姿を見せたのは、三、四日してからだった。

与三次も足に火傷をして、すぐには動けなかった。

息子夫婦の焼死体を確認した後、与三次は狂ったように孫娘を捜したらしいが、発見できなかった。

「両親を亡くした幼児は、大勢いました」

親族に巡り会えればいい方で、孤児となる子どもが多かった。親も多数亡くなっていた。子を亡くした親が、親を亡くした子を引き取ることは珍しくなかった。

「確かめるのは、なかなかたいへんだったでしょうね」

「そりゃあそうだが、近くから五歳くらいの子どもの焼死体が出た」

「それを孫娘だと見たわけですね」

「そういうことでしょうな。それきり、姿を見せていません」

与三次は、捜すことを諦めたと察しられた。

「それならば」

まだ死んだとは決めつけられない、とお鈴は思った。五歳のお由は、問われても住まいの場所や親の稼業をきちんと伝えられなかったかもしれない。幼い子どもの証言はあやふやだ。

しかも火災の直後で、気が動転している。大人でも己の過ごしようをどうするか、見当もつかない折も折だった。

被災しなかった知り合いがお由を引き取った可能性もあるが、どこにそのような人物がいるか与三次は見当もつかなかっただろう。出会えなくても、おかしくはない。

　お鈴が焼け出されたのは七歳だった。問われたことには、ちゃんと返事ができた。しかし、五歳と七歳では、ずいぶん違う。

　生きている可能性は否定しきれないと思った。

　ただどこをどう探ればいいか、見当もつかない。火事の前から三組町に住んでいた人を聞いて、一軒一軒当たった。

「あのときは、親兄弟や子どもを捜す人が、毎日のようにたくさんやって来た」

　青物屋の初老の女房が答えてくれた。

「それはそうでしょうね」

　捜す方は必死だろう。

「でもね。うちらだって、今日どう飯を食うか、あっぷあっぷだった。他所（よそ）の子どものことまでは、いちいち気にしていられなかったっけ」

　それを責めることはできない。被災経験のあるお鈴には、辛（つら）い思い出に繋がった。与助夫婦を覚えている者はいたが、お由の行方どころか、生死さえはっきり分かる者には出会えなかった。

　夕方、お鈴は豆次郎を呼び出した。心にできた屈託を、豆次郎に話して晴らしたかった。

お絹に言えば、甘いと言われるだけだから話さない。余計なことはするなと言われるかもしれなかった。

豆次郎に、与三次にまつわるもろもろを話した。

「ようするにお鈴ちゃんは、与三次という人の孫娘がどうなったかを確かめたいんだろ」

「そうだよ」

「じゃあ、知っている人を片っ端から当たるしかないじゃないか」

あっさりと言った。口で言うのは容易(たやす)いが、とんでもない手間のかかる仕事だと思った。それを軽い口調で言われたのが気に入らなかった。

「じゃあ、あんた手伝いなよ」

「いや、おいらは仕事があるから」

豆次郎は逃げ腰だった。しかし逃がさない。

「そこまで言って、後は知らんぷりかい」

「いや、そうじゃないけど」

甚五郎親方に頼んで、半日時間を貰うようにさせた。

四

翌日、家事を済ませたお鈴は、渋る豆次郎を引っ張り出した。今日は湯島三組町だけでなく、周辺の火災に遭った者たちの聞き込みに当たった。

いやいやとはいえ、豆次郎はその場に行くと、次々に問いかけをしてゆく。仕方がないと、諦めたのかもしれない。

強く出ると、断れない。意気地のないやつだと思うが、便利ではあった。昔、悪童にいじめられているのを、庇(かば)ってあげたことがある。

それを恩義に感じているのかもしれなかった。

「三組町にも、五歳くらいの子どもはずいぶんいたからねえ」

しかも十一年も前の話だから、思い出すのもたいへんだ。

「私の妹が、生きているかもしれないんで」

迷惑そうな顔をする者には、お鈴も豆次郎もそう告げた。同情したらしい者は、真剣に考えてくれた。

そんな中で、気になる言葉があった。お由を知っていた、櫛(くし)職人の女房だ。

「あの娘を捜しに来た人がいたっけ」

「いつですか」

「火事の三日後だった。お由ちゃんは、孫だと言っていた」

日にちは、櫛職人の親方の焼死体が発見された日だったから、間違いないと言う。

「とにかく、大騒ぎをしていたところだったから、お由ちゃんがどうなったかまでは、気が廻らなかった。それで知らないと答えたんだけど」

「引き上げていったわけですね」

「そうだよ」

この頃、新たな焼死体が次々に発見されていた。自分の縁者が亡くなれば、他人どころではなくなる。

その男は、二度と捜しに来ることはなかった。名も住まいも尋ねなかったし、向こうも話さなかった。

その翌日のことだ。

「お由ちゃんの親や親族のことを、尋ねに来た人がいたっけ」

火事の中であの子を助けて、そのまま家に置いている者だと伝えられた。

「それで」

「捜していた人がいたことは知らせた。でもね、名もどこに住んでいるかも分からなかったから、その他は何も教えられなかった」

「でもそれならば、お由ちゃんは生きているっていうことじゃないか」

お鈴と豆次郎は顔を見合わせた。

「その人は、どこの誰でしょう」

「三十代後半くらいの、商人といった感じだったね」

名乗ったらしいが、覚えていなかった。十一年も前の話だ。

「その人は、きっと他でも訊いているよ」

豆次郎が言った。三組町の他、被災をした界隈を二人で訊き回った。すると同じような問いかけをされた者に出会った。荒物屋の女房だ。

「お由ちゃんの親族の行方は分からないって答えたら、紙を寄こしたっけ」

その男の住まいと名が書いてあったとか。

「それは、今でもありますか」

「さあ、分からないけど」

探してもらった。

「ありましたよ」

すでに黄ばんだ紙だ。小簞笥の引き出しの奥に、押し込まれていた。あっただけありがたい。

『浅草福井町　乾物商い浅田屋茂兵衛』

と記されていた。早速福井町へ行ってみた。

「そういうお店は、ありませんよ」

通りを見たかぎりでは確かにない。町の者に訊いても、首を横に振られた。とはいえ、さらに尋ねると覚えている人はいた。

「五、六年前に越して行ったよ」

がっかりした。

「茂兵衛さんはやり手で、表通りに店を出したと聞いたが」

そこまでは覚えていた。

「覚えている人は、他にもいるよ」

豆次郎が言った。さらに聞き込みをする。移った先を訊いた。

三人目に知っている者がいた。木戸番小屋の番人だった。

「蔵前通浅草黒船町だと聞いたが」

二人は、喜び勇んで走った。大川の西河岸の町だ。

行ってみると、浅田屋という屋号の乾物屋はあった。間口は四間半（約八メートル）だが、品数も豊富で出入りする客も多かった。小僧の動きもきびきびしていて、繁盛している乾物屋に見えた。

お鈴は町内の古着屋で店番をしていた爺さんに、浅田屋について尋ねた。

「茂兵衛さんはなかなかのやり手で、商いの才覚もあったんじゃないかね。今ではお武家の顧客もできたみたいだし」

界隈の旦那衆の仲間入りをしている。

「子どもは」

「お由っていう十六歳になる娘がいるよ」

「そうですか」

辿（たど）り着いたと思った。

「茂兵衛さんも、おかみさんも可愛がっているよ。何しろ一人娘だからねえ」

町の者にも、気さくに声をかけるとか。他に近くの店の手代や、木戸番小屋の番人などにも訊いた。

評判は悪くない。ただ貰い子だと、口にした者はいなかった。知らないのか、知っていても遠慮して口にしなかったのか、それは分からない。

「ともあれ、お由さんの顔を、見てみようじゃないか」

豆次郎は、関心があるらしかった。

浅田屋の斜め前の店の軒下から、お由が姿を見せるのを待った。四半刻（しはんとき）（約三十分）ほどした頃、店から娘が出てきた。店の手代と何か言って、笑い合っている。屈託のない様子の明るい娘で、愛らしい面立ちだ。

「自分が貰い子だと、知っているんだろうかね」

豆次郎が呟いた。

「さあ」

「与三次さんのことを、伝えてもいいのかね」

貰われた子だと覚えていなかったら、勝手に伝えていいのか、それは躊躇(ためら)われた。ともあれ与三次には、伝えることにした。

「可愛いじゃないか。やさしそうで」

「ふん。そうかねえ」

豆次郎にそう言われて、面白くはなかった。にこにこしているのも気にくわない。

「あんた、ああいう娘が好きなのかい」

「そ、そうじゃねえけど」

慌てた様子で、豆次郎は首を横に振った。

「あんたが女の好みを口にするなんて百年早いよ」

と、お鈴は胸の内で呟いた。

五

豆次郎を解放してやったお鈴は、再び与三次の家へ行った。相変わらず狭い散らかった部屋で、与三次はぼんやりしていた。

「お由さんは生きているよ」

「えっ」

「居場所も分かった。浅草黒船町にいる」

「ほ、本当か」

驚愕(きょうがく)の表情の中に、微(かす)かな喜びと怯えの表情が混じっていた。調べ出すに至った詳細を伝えた。

「そ、そうか」

「元気そうだった。いい子に育っているよ」

「うう」

声がくぐもって、目に涙が溢(あふ)れた。

「浅田屋は繁盛している。今はそこの一人娘っていうことだね」

「………」

しばらくは言葉にならない。肩を震わせていたが、やっと言葉が出てきた。

「幸せに、く、暮らして、いるんだな」

「そうだね。近所の評判もいいよ」

それを聞いて、何度も洟を啜った。そして傍にあった絵具のついた手拭いで洟をかんだ。

鼻の頭に朱色の絵具がついた。

「よかった。酷い目に遭わされていなくて」

安堵の声だ。

「もう与三次さんは、天涯孤独の身の上じゃあないよ」

「そうだなあ」

体から力が抜けて、ほっとした様子だ。

「明日にも、会いに行こうじゃないか」

「いや、それは」

ここで急に、与三次の顔が強張った。嬉しくて、笑顔で飛んで行くと思ったが当てが外れた。

「どうしたのさ」

「う、うう。あたしは、会いには行けねえ」

決意のこもった返事だった。信じがたい言葉だ。顔を見詰めた。目尻に涙の粒ができている。

「せっかく生きていることが分かって、居場所まで分かったんじゃないか」

「お鈴さんには、礼を言うぜ。あたしには、捜し出せなかったからな」

頭を下げてから、与三次は続けた。

「見つかったことは嬉しいが」

「だから会いに行けばいいんだ。お由さんだって喜ぶよ」

慰めで口にしたのではない。お由にしても、与三次はこの世でたった一人の肉親のはずだった。

「いや、そういうわけにはいかねえ」

「遠慮なんかいらないよ」

「いや。遠慮ではねえが、あたしは会えるような暮らしをしていねえんだ」

「そんなことはない。何を言っているんだい」

与三次は、何を言っても頑として聞き入れなかった。歪んだ顔に、決意がある。目尻にあった涙の粒が、頰に落ちた。

松枝町の家に戻ったお鈴は、お由を捜し出すまでに至ったここまでをお絹に伝えた。生きていることが分かったのは嬉しいはずなのに、会いたがらないわけがお鈴には得心がいかない。

「せっかく捜し出してあげたのに」

不満だった。

「何を怒っているんだい。あんたはいつまでたっても、本当に子どもだねえ。人の心が、全然分からないじゃないか」

ため息を吐かれた。腹の立つ言い方だが、お鈴はぐっと怒りを抑えた。

「じゃあ、どうしてさ」

不貞腐れ気味に返した。

「決まっているじゃないか。会えないわけが、与三次にあるからだよ」

「どんな」

「そんなこと、分かるわけがない。一緒に暮らしているわけじゃないんだから」

自分だって分からないじゃないかと思うが、その言葉も呑み込んだ。

「それが分かって解決すれば、あいつはお由という娘に会うんじゃないかね」

「なるほど」

「そしたらあいつ、また絵筆を握るかもしれない」

その前に、借金の返済期限がくる。持っている絵も売らせて、十二両を作らせなくてはならない。

「会いたくないって言っていても、腹の中はそうじゃない」

「それはそうだね」

お鈴も、言葉通りには受け取っていない。

「遠くからでも、それとなく見させたらいい。気が変わるかもしれないよ」

お絹に言われて、そうすることにした。

次の日の朝、お鈴は与三次の住まいへ行った。昨日とは違って、部屋の掃除がしてあった。

お由が生きていると分かって、気持ちに変化が起こったのは確からしい。

「絵を描く気になったんだね」

「そうじゃあねえ。他の仕事をして金を稼ぐんだ」

「まさか、そんなこと」

与三次にできるわけがないとお鈴は思った。そもそもそれでは、お絹からの借金は返せない。絵の技量があるからお絹は金を貸したのだ。

絵だけで生きてきて、浮世離れをしたところがあるのかもしれない。

「お由さんに会いたくないのはよく分かったよ。でもさ、遠くから顔を見るだけでもいいんじゃないかね」

稼ぎのことはひとまず置いて、お鈴が告げると、与三次ははっとした表情になった。一目見たいという本音が、覗いた印象だ。

「じゃあ、行ってみよう」

「しかしなあ」

躊躇っている。名乗らなくていいからと念を押して、見に行くことにした。

渋っていたが、歩き始めるとちゃんとついて来た。

「あれだよ」

お鈴は、浅田屋を指差した。与三次は立ち止まって、眩(まぶ)しそうに建物を見詰めた。

店からやや離れたところに立って、お鈴と与三次は、お由が姿を見せるのを待った。

与三次は時折、ぶるっと体を震わせた。緊張を隠せない。

半刻（約一時間）ほどして、ようやくお由が姿を見せた。

「あの娘さんだよ」

お鈴は指差した。

「ああ、あの娘か」

声が掠(かす)れた。数歩前に出て、我に返ったように立ち止まった。

「倅の与助に、よく似ていやがる」

滂沱(ぼうだ)たる涙が、頬を濡(ぬ)らしている。

「呼んでこようか」

「駄目だ」

きっぱりした声だった。

「名乗らねえ約束だ」

そう告げられると、お鈴は身動きできなくなった。お由は、通りかかった近所の女房と少しばかり立ち話をしてから、店の中に戻った。

「帰ろう」

与三次はそう言って歩き始めた。満足したかどうかは分からないが、気持ちは収まったのではないかと感じた。

「どうだったの」

「………」

お鈴が尋ねても、与三次は一言も喋(しゃべ)らず豊島町の住まいへ帰った。

六

「そうかい。間違いなく孫娘だったんだね」

話を聞いたお絹は言った。

「うん、十一年たっても分かったんだね」

「そりゃあ、分かるさ。あんただって、お静の子だというのは、一目見てすぐ分かったからね」

当り前だといった口ぶりで言った。

その言葉に、お鈴は少しばかり驚いた。初めて会って自分を見詰めたお絹の目には、何の感情もこもっていないと感じた。気持ちのどこかで、もう少し喜んでもらえるのではないかという期待があった。

厄介者ではあっても、娘お静の子どもだと分かったから引き取ったという話だ。お静が生んだ子である自分に、何がしかの思いがあったのだとお鈴は改めて考えた。

「これであいつには、絵を描くなり、売るなりする気になってもらわないといけない」

いざとなれば絵を取り上げるが、できれば己の意思で売りさばかせたい。

「借金まみれじゃ、孫娘に会いづらいだろうからね」

お鈴にも、その気持ちは分かる。

「十二両の返済期日も、迫っているからね」

孫娘と再会できたことを喜んではいるが、お絹にとって何よりも肝心なのは、貸金の返済であることは間違いない。

「今日はあたしが行って、返済期日についての催促をしよう」

立ち上がった。四月も、終わりに近づいている。お鈴もついて行った。

お絹は袋に入れた銑を持った。

「よかったじゃないか、孫娘の姿を見られて」

「お陰様で」

お絹の言葉を受けて、与三次は頭を下げた。与三次はお絹に気圧されているのだろう、どこかおどおどした感じになった。

「そこでだけど、十二両は期日までに耳を揃えて返してもらうからね」

鈨に手を触れながらお絹は言った。般若の面を思わせる顔だ。共に暮らしているお鈴でも、ぞっとする顔だ。

「いや、それが」

「返せないというのかい」

「まあ、その」

それで身投げをしようとしたのだと告げた。

「ふん、迷惑な話だね。死んだからといって、貸金が返ってくるわけじゃあない。死体の始末など、手間がかかって面倒なだけじゃないか」

お絹ははっきりしている。

「鈨で殺されるんならば、仕方がない」

与三次は言った。こういう言い方をした貸金相手を、お鈴は初めて見た。あらかたの者は、己の命を惜しんだ。

「描き上げた絵があるだろう。あれを売ればいいんじゃないかい」

「いやそれは」

項垂れた。

「どうして売れないんだい。あるやつを出してごらん」

お絹は有無を言わせぬ口調で命じた。与三次は渋々、五枚の絵を持ってきた。そのうち四枚は見事な花鳥の彩色絵だった。そして一枚は、黒一色の細線を重ねて町の賑やかな様子を描いたもので、微妙に趣が違った。

彩色絵と細線の絵では、別人が描いたような印象だった。

「そういえばあんたは、狩野派で絵の修業をしたんだったね」

「はあ」

浮かない顔だ。

「こちらの四枚は、その流れだろ。よくできているじゃないか」

「…………」

与三次は返事をしないが、お絹が人を褒めるのは、めったにないことだ。お鈴も同感だった。

お絹がどこまで絵についての造詣があるかは分からないが、お鈴の素人目にも素晴らしい出来だった。それなりの値で、売れるだろうと考えられた。借金など、すぐ返せるのではないか。

「期日までに返せないならば、この絵を貰ってゆくからね」

これならば、相応の値で売れるだろうと言い足した。

「いや、それはまずい」

与三次は慌てた。お絹は、言い出したら必ずやる。だから慌てたのだ。

「どうしてまずいんだい。あんたが描いた絵じゃないのかい」

「あたしが描いたものではあるけれど」

煮え切らない口ぶりだ。

「何だよ、まだるっこしいね。はっきりお言いよ」

「真似（まね）た絵なんだ」

覚悟を決めたように与三次は言った。

「贋作（がんさく）をしたっていうことかい」

「そ、そうだ」

絞り出すような声だった。顔が赤黒くなって歪んでいる。

「落款がついているけど、これもかい」

与三次は黙って頷いた。そしてしばらくしてから、呟くような口調で言った。

「狩野派では、上達するためには先達の絵を写すことから始めるんだがね」

「そうやって、学ぶんだろう」

「そうさ。だから真似た絵を描くことは悪いことじゃあないんだが」

「でも真似て描いた絵を、先達のものとして落款まで入れて売ったら、それは罪人になるっていうわけ」

「そういうことで」

項垂れた。優れた腕を持つ与三次だからできることだが、それでは贋作絵師でしかない。

「どうしてあんたの絵を描かないんだい」

不満そうにお絹は問いかけた。

「あたしの名では、売れないからです」

狩野派の中では、無名だという話だ。

「これだけ描けたら上等じゃないか」

「これは真似て描いているからです。見る人が見たら、贋作だと分かります」

「そうかねえ」

お絹は、改めて四枚の花鳥の絵に目をやった。

「上手に描いているだけで、訴えるものがないと言われたことがあります」

「似せて描いただけの、まがい物っていうわけだね」

「そうです」

女房が亡くなって、身一つになった。天涯孤独の身の上だ。養わなければならない者はいない。そこでもう贋作などやりたくないという気持ちになった。これまでは、堪えて絵筆を握ってきたのである。

そして今は、借金の返済期日も迫っていた。贋作を描いている限りは銭を得られたが、描きたいものを描くと、相手にされなくなる。

「悔しいが、どうにもならねえ」

「だから身投げを、しようと思ったんだね」

「贋作なんて、したくない。でも他には、何もできない。となりゃあ、死ぬしかないじゃないか」

不貞腐れた口ぶりだ。

「確かにそれじゃあ、その四枚を売るわけにはいかないね」

お絹は強欲だが、狡いことや卑怯なことはしない。

「あんたに贋作を描かせ、本物として売ってきたやつがいたわけだね」

「まあ、それでずっと食べてきたから」

そういう自分が嫌になったという顔だ。

「だからお由さんには、会えないと思ったんだね」

お鈴が言うと、与三次は黙ったまま頷いた。

「いったい誰だい、そいつは」

前にお鈴が尋ねたことのある、高麗屋という、神田平永町の骨董屋だそうな。

「こちらの絵はどうなんだい」

お絹は、花鳥を描いたのではない、もう一つの絵に目を向けて言った。細線を重ねた単色の絵だ。

江戸の町の様子が描かれている。描かれている人物は、肥えた者や痩せた者、貧しい者もそのままの姿で一切飾っていない。町の様子にしても同様だ。塵芥まで描いてある。

「それもあたしが描いたものです」

花鳥を美しく描くのではなく目に見える姿を、美醜をかまわず似せて描いたもので、『似絵』というのだと教えられた。

狩野派の絵とは、明らかに違う。美しさは感じないが、どこかひきつけられる気配を感じた。

「じゃあこれを売ればいい」

「いやそれは、高くは売れません」

出来はいいと見えるが、無名の絵師が描いたものでは、高額では売れないという意味らしかった。

「あんたの似絵は、いいと思うけどね」

お絹は言った。聞いているお鈴は、頷いた。

「ありがたいが」

「こっちでやりゃあいいじゃないか」

「本当は、こっちをやりたいんだが」

ここでお鈴は、看板描きで見事な手本を見せてくれた下絵を思い出した。

「でもね、甘えちゃいけないよ。絵を売れないならば、あんたの孫のところへ行って、貸金を返してもらうことにするからね」

「いや、それだけは」

与三次は泣き顔になった。

「ならばどうすればいいか、手立てをお考えよ」

お絹の言葉は、単なる脅しではない。本当にやるから怖い。

七

翌日、お鈴は霊岸島で看板描きの仕事を済ませてから、神田平永町にある高麗屋へ足を向けた。間口四間、大店というほどではないが、天井の高い重厚な建物だった。

店を覗いて、主人九郎兵衛の顔を検めた。帳場格子の向こう側で、算盤を弾いていた。なかなかの強面だった。

それから木戸番小屋へ行って、番人に高麗屋について尋ねた。

「旦那は九郎兵衛さんで、歳は四十一歳ですね」

看板では骨董商いとはなっているが、書や絵の売買が中心だという。

「贅沢な遊びなんかも、しているんだろうね」

「そうかもしれない。幇間や芸者なんかを伴って、駕籠で帰って来たことがあった。ご機嫌だったねえ」

「よほど儲かっているんですね」

名立たる料理屋の前で、辻駕籠に乗る姿を見た者もいた。

「商いの品は、よほどの上物を置いているわけですね」

「名のある絵師や書家の手によるものがあると聞くけどね」

「なるほど」

町の者には、置いている書や絵の真贋は分からない。本物だと言われれば信じるだけだ。

とはいえ、真贋が分かる者もいるだろう。近辺で、高麗屋の馴染みの者はいないかと尋ねた。

「それならば。町内の質屋のご隠居だね」

と告げられて、その店へ行った。

「うちのじいちゃんが、狩野派の絵を買おうとしているんですが、高麗屋さんは、ちゃんとした品を売っているんでしょうか」

という問いかけをした。高額な品だから、念を入れたいのだと伝えた。

「そうか、感心な娘じゃないか」

好感を得られた。話を鵜呑みにするつもりはないが、評判を聞いておくつもりだった。

「きちんとした品を置いていると思うがね」

「贋作なんて、ないですよね」

「絶対とはいえない。世の中には、巧妙なものも出ているからね」

それを見分けるのが、書画商いの腕だと言った。隠居は、高麗屋から絵を買い入れたが、贋作ではなかったと言った。

「求めに来るお客さんは、どんな方たちですか」

「大店老舗の隠居や旦那、それに御大身のお旗本もいる様子だね」

それらしい侍の主従が店にいるのを見たと言った。

「大店って、どちらの」

分かるならば、聞いておきたい。

「本町三丁目で織物を商う伊勢屋という太物屋のご隠居さ」

伊勢屋へ行くが、隠居はここにはいなかった。代替わりをして、隠居所へ移った。本郷だというので、そちらへ回った。

「これだね」

瀟洒な隠居所だった。

ここでもお鈴は、「じいちゃんが、高麗屋さんから絵を買うので」と言って、案じる孫娘を演じた。伊勢屋の隠居は、おおむね質屋の隠居と同じことを口にしたが、気になることも言った。

「金持ちの書画好きでも、必ずしも目が肥えているわけではないからな」

「ではまがい物を掴んでしまうことはありますね」

「ないとは言えないだろう」

高麗屋も人が善いだけの商人ではないからな、と付け足した。

「金持ちが隠居をすると、急に書画に関心を持ち始める人がいる」

「うちのじいちゃんもです」

「そういう人のところへ、高麗屋は寄ってゆく。さすがはお目が高いと煽(おだ)てられて図に乗って、贋作を摑まされることがある」

「なるほど」

「しっかり見た方がいいと伝えなさい」

「はい」

　それからもう一つ、顧客の旗本を覚えていた。

「どなたですか」

「小松原将監(こまつばらしょうげん)という二千石の御旗本だそうな」

　中奥御番衆(なかおくごばんしゅう)なるお役に就いているとか。お鈴にはよく分からないが、大物らしい。屋敷は駿河台(するがだい)だと聞いたので行ってみた。壮大な長屋門で、門番もいかめしい。問いかけなどできなかった。

　与三次の話からすれば、高麗屋は与三次が拵えた贋作を、真作と称して少なからず売っている。旗本や他の大店の隠居のところにも、与三次の贋作が、真作として気づかれずに行っているのではないかと推察できた。

　聞き込んだ内容を、お鈴はすべてお絹に伝えた。

「高麗屋については、噂を聞いたことがある。なかなかの曲者らしいよ」

聞き終えたお絹は言った。

「倉蔵に、もう少し調べさせよう」

それからお絹はため息を吐いた。

「贋作が売れないなら、似絵を売るしかないかねえ」

いざとなればお由のいる浅田屋へ行くにしても、似絵が売れるならば、それに越したことはないのだ。お鈴も見事な作だとは思っている。

お鈴が目指す看板絵とは、別物だった。

八

昨日はお鈴が、高麗屋についていろいろ聞き込んできた。それを受けて、今日はお絹一人で、京橋山城町へ出向いた。山城河岸というお城の堀に面してある町だが、大店老舗が並んでいる。

船着場には、ひっきりなしに荷船が入ってきた。

お絹は若かった頃、町でも指折りの大店太物問屋摂津屋主人の囲われ者だったことがあった。

旦那はすでに亡くなったが、その主人に金貸しのための種銭を出してもらった。その旦那は、書画に関心があり蒐集をしていた。お絹もそれまでは書画に関心などなかったが、折々見せられ講釈をされることで、多少の知識は身に入り、目は養われた。けれども、細かいことまでは分からない。

贋作でも、真作に劣らない高度な作もあることは知っていた。とはいえ、名前がないと売れないという厳しい事実についても聞かされていた。

摂津屋は、今は当時手代だった巳之助が婿になって主人として商いをしている。お絹は巳之助がまだ若かった頃面倒を見てやったので、今でも付き合いは続いていた。

摂津屋が大店の分限者であることは、今も変わらない。

主人となった巳之助はすでに四十代半ばの歳となり、先代に引き続いて、書画に関心を持っていた。先代のお供で、絵を見る目が養われたことで興味を持ったらしい。玄人はだしだという評判があった。

お絹は出向く前に、見てもらいたい絵があると文で伝えた。『お越しください』という返信があった。

摂津屋へ来る前に、与三次のところへ寄って、似絵を預かってきた。それを見せたのである。

「ううむ、なかなかの出来ですな」

絵を見た巳之助は感嘆した。

「細い淡墨線を引き重ねて、人物の目鼻だちを整えていますな。対象となる人物の特徴が見事に捉えられています」

ため息を吐いた。そして続けた。

「また、似絵の多くが小幅の紙本に描かれていますが、これは大奉書ですね。その分描かれている人物の数が多いが、どれもきっちりと描かれている。構図も、全体が生きるように考えられていますな」

暮らしのにおいがする絵だとも言った。似絵は、真似る絵ではない。人や暮らしの様をそのままに写し取る絵だから、掛け軸にはならなくても求める者はいると話した。

「そうだろ。あたしの目に、狂いはないよ」

「誰の作で」

「与三次という絵師さ」

「聞かない名ですが」

「まあね。稼ぎのために、これまでは他の絵を描いていたから」

贋作をしていたとは言わない。ここでお絹は、やって来た用件に入った。

「あんた、これを買わないか」

「はあ」

いきなりのことだから、驚いた様子だ。巳之助は改めて絵に目をやった。そして尋ねてきた。

「おいくらで」

関心はあるらしかった。

「いくらならば買うかね」

こちらから値はつけない。たとえ買われなくても、与三次の似絵がどれほどの価値があるのか知りたかった。

「そうですね、七両でいかがでしょう」

驚いたが、顔には出さない。もっと安い値をつけられると思っていた。

「ずいぶんと安いねえ」

ともあれ、顰め面を拵えて言ってみた。

「名のある絵師の作ならばともかく、与三次という得体の知れない絵師となると、そんなものでしょう」

あっさりと返された。巳之助はお絹と会えば下手に出るが、銭の話となると、大店の主人の顔になる。

「じゃあ、名のある絵師だったら」

「名にもよりますがね、二十両くらいはいくのではないですか」

「なるほど」

それならば、与三次は借金を返すことができる。

「ありがとよ。いろいろと教えてもらった」

お絹は礼を言った。巳之助に絵を見せ、値踏みをしてもらったのは幸いだった。

それから、絵好きの旗本や大店の主人や隠居の話をした。巳之助の知り合いには、なかなかの目利きがいるらしい。

九

それからお絹は、松枝町の家へ戻った。お鈴がいたので、摂津屋で耳にしたすべてを伝えた。

「あたしはこれから、浅草黒船町へ行って、お由さんに会ってくるよ」

と続けた。

「ならばあたしも、行く」

お鈴は答えた。

辻駕籠を一丁呼んで、浅草黒船町へ二人で向かった。

着いてすぐ、お絹は浅田屋の店舗を確かめた。活気があって、繁盛している店だと思った。

浅田屋を訪ねるつもりだが、その前に自身番へ行って書役に問いかけた。お絹は事前に饅頭を買っていて、問いかけるとき手渡した。

商いが順調であることと、主人茂兵衛は月行事なども引き受ける町の旦那衆の一人になっていることが分かった。次にお由について尋ねた。

「あの子は、夫婦の実子なんですかね」

本人が知っているか知らないかで、接し方が変わる。五歳ならば覚えているはずだが、念のために確かめた。

「火事で焼け出された子だという話です。よくご存じですね」

逆に訊かれた。

「昔の知り合いだからね」

とりあえずそう返した。

「改めては誰も言いませんが、孤児だったことは、知っている者は知っています」

「本人もだね」

「もちろんです。でも本当の親子のようですよ」

与三次が聞けば、喜ぶ話だ。

それからお絹は、浅田屋の店の前に行った。水をまいていた小僧に小銭を与えて、お由を呼んでもらった。

「あんた、湯島三組町で焼け出された子だね」

単刀直入に言った。自分は火事で孫娘を亡くした者を知っていて、捜してくれと頼まれたのだと伝えた。親族を亡くし、今でも捜している者はたまにいる。お鈴は傍で、やり取りを聞いていた。

「まあ」

お由の気持ちは揺れたらしかった。大川の河岸場に出て話をした。

「あんたには、お爺さんがいたはずだが、どうしているか分かっているかい」

「おとっつぁんとおっかさんの遺体は、はっきりしました。でも爺ちゃんのは見つかりませんでした」

同じ町内だが、別の場所で暮らしていた。だから茂兵衛夫婦に救われたお由は、与三次のことを話して捜してもらったのである。

ただ住まいがどこかは、はっきり分からなかった。

「おとっつぁんが捜してくれたのですが、見つからなかったんです」

このおとっつぁんというのは、今の父親のことだろう。言ってお由は肩を落とした。

生きているかどうかも分からない。

「じゃあ、生きていたら会いたいだろうねえ」

「そりゃあもう」

即答だった。唯一の血縁だ。

「あんたのお爺さんは、何をしていた人なのかね」

知っていたら教えてほしいと頼んだ。

「ええと」

困惑の顔になった。可愛がってもらったが、何しろ五歳のときだ。顔もおぼろげだ。

「じゃあ思い出になるものは、何もないんだね」

お絹が言うと、お由は首を横に振った。

「爺ちゃんは、絵がうまかった」

「ほう」

「描いてもらった絵がある」

と言うので、見せてもらうことにした。

「これ」

差し出したのは大奉書の八分の一の小判と言われる紙で、幼い少女が細い線で描かれていた。飾らない見たままの姿を写した、まさに似絵だった。

「幼い頃の、あんただね」

「ええ。今はだいぶ変わったけど、小さい頃はそっくりだと言われました」

祖父の形見という気持ちで、大事に取っておいた。

「あいつは狩野派よりも、こっちをやればよかったんだ」

お絹は線で描かれた娘の絵を見ながら、胸の内で呟いた。今でも、名がなくても七両であの絵を買おうという者がいる。

それをさせず狩野派の贋作絵師として、安い手間賃で与三次を使ってきたのが、高麗屋九郎兵衛だ。

「お婆さんが知っている、孫娘を捜しているお爺さんとは、どういう人なんですか」

お由が訊いてきた。気になるのは当然だ。

「絵描きなんだけどね」

「…………」

驚きの顔だ。

「その人が描いた絵を持っているけど、見るかい」

「ええ。見せてください」

お絹は、似絵を見せた。

「こんな絵を描けるなんて、すごいですね」

感嘆の声だった。

「この絵を描いた人は、私の爺ちゃんかもしれないという気がしてきました」

会いたいと、付け足した。

「分かった。話してみるよ」

お絹は告げた。

その足でお絹とお鈴は、豊島町の与三次の家へ行った。

「この絵は、七両だとさ」

お絹は似絵を返しながら、与三次に言った。

「それでは、お金は返せませんね」

与三次は肩を落とした。

「あんたは、似絵を描けばいい。返済期日までに、あと一つ描けばいいんだ」

「いやあ、しかし」

煮え切らない様子だ。自信がないということか。そこでお絹は言った。

「今、お由さんに会ってきたよ」

「ええっ」

驚きの声を上げた。

「あの子はあんたが描いた幼い頃の似顔絵を、後生大事に持っていた」

とかまわず続けた。

「ああ。そういえば、描いてやったっけ」

思い出したらしかった。

「そうか、大事にして持っていたのか」

胸に響いたらしかった。

「それからあんたの似絵を見せたんだ」

「えっ」

不安そうな、怯えたような顔になった。

「すごいと言って、褒めていたよ」

「ああ。そうですか」

安堵と喜びが顔に浮かんだ。

「あんた、似絵をおやりよ。自分の名で。まがい物なんかに関わっていたら駄目だよ」

「そうだよ。似絵で稼げるようになったら、お由さんにだって、胸を張って会えるじゃないか」

これを言ったのは、それまでやり取りを聞いていたお鈴だった。

「そ、そうだが。あたしはもう歳だし」

「馬鹿をお言いじゃない。本気で何かをするのに、もう歳だはないだろう」

お絹は叱りつけた。

「それは、そうだが」

気持ちが動いた様子だった。

十

与三次の家から戻ったお鈴は、晩飯の支度をする。お絹は、身に着けるものと食事には贅沢だ。

お鈴はお絹からあらかじめ銭を受け取っていて、魚や野菜を買った。膳に載る品に満足しないと、お絹は不機嫌になる。今日は、鰹(かつお)を奮発した。初物ではないが、まだまだ高値を付けている。薬味の茗荷(みょうが)や生姜(しょうが)などは忘れない。

これに二合のぬる燗(かん)をつける。もちろん、灘(なだ)の下(くだ)り物(もの)だ。

お絹は食べ物については、お鈴を差別しなかった。同じものを食べた。だから食べ物については、自分は贅沢だと思うことがあった。

そこへ倉蔵が姿を現した。倉蔵はお絹に命じられて、高麗屋について調べていたのである。

「何か、分かったかい」

「店の小僧によると、この三月ほどの間では、日本橋西河岸町(にほんばしにしがしちょう)の足袋屋の主人と旗本の小松原将監に売っている」

狩野派の絵だ。与三次の贋作の可能性は濃いが、断定はできない。狩野派の絵は、好事家の間では大量に流通している。

「阿漕な高麗屋でも、贋作ばかりを手掛けてはいないだろう」

「そりゃあそうだ。騙せない相手もいるだろうからね」

「そこで足袋屋に行った」

「絵は、見たんだね」

「ああ。竹林に虎の絵で、真作に間違いないと主人は話した」

その主人は、目利きができる人だそうな。

「ならば、旗本だね」

お絹はため息を吐いた。

「相手が旗本では、あっしの出番はねえんでね」

倉蔵は言った。町の岡っ引きなど、相手にされない。

「じゃあ、あたしに当たらしてください」

話を聞いていたお鈴は言った。

今日のお絹の動きは、さすがに無駄がなかった。お由に当たり、与三次の気持ちを動かした。悔しいが、自分にはできない。

だからこそ、できることはしたいという気持ちだった。

「なら無駄でもいいから、やってごらん」

「うん」

腹が熱くなった。

「ただ気をつけるんだよ。相手はお侍だからね」

侍だからといって、正々堂々としているわけではない。それが頭にあってのお絹の言葉だ。

「無茶なんてしないよ」

お絹の言葉に、お鈴は返した。さらに倉蔵は、高麗屋の絵の売り先を探す。小僧が知らないうちに、売られていることもあるだろう。

翌朝、お鈴は与三次の家へ行った。与三次は部屋に白紙を広げて睨んでいた。

「絵を、描くつもりになったんだね」

「まあな」

表情に精悍さが出てきた。身投げをしようとしていたときとは、目つきが違う。何をどう描くか、構図を考えているらしかった。

「描きたいものは、前からあったんだね」

これまではその気持ちを抑えて、贋作を描いていたということか。お鈴は尋ねた。

「この数か月で、高麗屋へ納めた贋作はあるよね」

「ああ、あるさ」

不機嫌な顔になった。触れたくない話題なのだろう。

「どんな絵だったの」

「池に咲く杜若だな」

思い出すのも嫌だという顔だった。

掛け軸に仕立てられたとか。木挽町狩野として名の知られた、狩野栄信の絵を模写したのだとか。

それを聞いてから、豆次郎のところへ行った。

「ちょっと、手伝っておくれよ」

「何をするんだい」

豆次郎には、先日与三次の孫娘お由を捜す手伝いをさせた。それ以後の詳細を話して聞かせた。

「じゃあ、お旗本を探るのかい。嫌だよそんなの」

話を聞いた豆次郎は、早速怯えた顔になった。

「いや、直には当たらないよ」

前にお鈴と豆次郎は、乱暴者の旗本次男を懲らしめたことがあった。あのときは屋敷内を探るのに、出入りの商人を当たって話を聞いた。その手を使うつもりだった。侍や中間（ちゅうげん）などには当たらない。

「どっちにしても、駄目だよ」

仕上げなくてはならない仕事があると言った。何よりも親方が怖い豆次郎だ。先日も、油を売ったと叱られたそうな。

「でもさあ。はっきりしたら、お由という孫娘は喜ぶんじゃないかねえ」

と言ってみた。豆次郎は、お由の顔を知っている。

「ええっ」

表情が変わった。やってもいいような顔になったのは、腹立たしかった。

「もういいよ。あんたには頼まない」

お鈴は言うと、豆次郎に背中を向けた。

お鈴は一人で、駿河台の小松原屋敷へ行った。

「あんなやつ」

豆次郎には腹を立てている。ただ腹を立てている自分が、腹立たしかった。親方が厳しくて、出にくいのは分かっていた。

小松原屋敷の裏門前に、お鈴は立った。出入りの者が使うのはこちらだろう。

しかし出入りの商人がいつ来るかは分からない。奉公人さえ姿を見せなかった。武家屋敷の並ぶ人気のない道に一人でいると、次第に心細くなってくる。吹き抜ける風も、何やら冷たく感じた。

一刻ほどした頃、出かけていたらしい中間が戻って来た。声をかける間もなく、潜り戸から中へ入ってしまった。

そしてさらに半刻ほどして、商家の番頭らしい者が現れた。小葛籠を背負った小僧を伴っていた。門番を呼び出し、中へ入った。やっと現れたという気持ちだ。今日はもう、現れないのではないかと諦めかけていた。

商人主従は、四半刻ほどして出てきた。お鈴はその後をつけた。

小僧が担う小葛籠には丸に茶という文字があって、下に神田佐久間町尾花屋という文字が書かれていた。問いかけようと思ったが、止めた。いきなり現れた小娘では、相手にされないかもしれない。

佐久間町まで行って、尾花屋の前で供をした小僧が一人になるのを待った。しばらくして、店の前で水をまき始めた。

お鈴は近づいた。まずは小銭の入ったお捻りを握らせた。

「あんた少し前に、小松原屋敷へお供で行ったね」

「ああ、行ったよ」

「お茶の御用でしょ」

「そうだよ。あのお屋敷では、五日後の二十七日にお茶会があるのさ」

「偉い人が集まるんだろう」

「そうらしい」

「席で使うお茶について、打ち合わせに行ったわけだね」

「いろいろと、お望みがあるから」

　これまでも打ち合わせをしてきたが、薄茶に変更があったらしい。

「そのときって、道具や掛け軸なんかの話は出ないのかい」

「茶碗（ちゃわん）の話は出たけど、掛け軸の話はなかったような」

　それでは仕方がない。とはいえ、掛け軸を確かめることはできなかったのは残念だ。

耳にしたことは、家に帰ってお絹に知らせた。

十一

　次の日、倉蔵は、高麗屋へ足を踏み入れた。

「これはどうも、親分さん」

腰の十手（じって）に目をやった九郎兵衛は、袂にお捻りを落としこんだ。ふてぶてしい眼差（まなざ）しだ。

「景気はどうかね」

「まあまあでございます」

口には出さないが、何しに来たという目で見詰めてくる。壁に狩野派の絵が飾ってあった。素人目には、かなりの出来だ。

倉蔵には真贋は分からない。九郎兵衛は、極上の絹物を身に着けている。

「この二、三か月で、絵を買った者はいないか」

「それならばお二人」

小僧が告げた足袋屋と、日本橋下槇町の海産物屋房州屋の主人だった。旗本の名は挙げなかった。

「どうせその二人には、真作を売っているのだろう」

と見当がついた。だから倉蔵に教えたのだ。

それでも倉蔵は、下槇町へ足を向けた。自身番へ行って、町内で絵を道楽にしている旦那衆について聞いた。

房州屋と葉茶屋の隠居の名が挙がった。葉茶屋の隠居を訪ねた。房州屋の主人の絵を見る目の確かさについて尋ねたのである。

「あの人は、確かですよ」

さらに高麗屋について尋ねた。

「あそこは、まがい物も売ります。ただね、見分けられないのは、その人の眼力がないということにもなりますから、買った方は大騒ぎはしません」

「見栄(みえ)ではないか」

「そうかもしれませんが、買って気づかないままでいる人も少なからずいると思いますよ」

それくらい精巧なものが出回っているという意味でもあった。

「では気づかなければ、それまでだな」

「まあ。ですが分かったら、腹を立てるでしょう。高い金を払っているわけですから」

それはそうだと思いながら、倉蔵は房州屋へ行った。

「ええ、高麗屋さんから買いました」

見せてもらった。掛け軸で、松に鳥の図柄だった。手に入れたのは、二月前だったとか。

「池に杜若の絵ではないのだな」

「そういえば、見せられました」

思い出した顔だ。

「買わなかったのか」

「よい出来でしたがね。贋作かも知れないと思いました。狩野栄信作との触れ込みでした。栄信はゆったりとした印象ですが、ほんの少しだけぎすぎすした感じがしました」

とはいっても、贋作とする自信はなかった。高麗屋は薦めたが、高い値を払う以上、少しでも不審な点があれば買うのはやめると言い足した。

妥当な判断だ。

「その絵は、どうなったのか」

「十日ほど後に行って訊いたときは、売れたということで」

「相手は」

「旗本だと聞きましたが」

高麗屋は旗本が誰かは、はっきり口にしなかったという。倉蔵は、聞き込んだことをお絹に知らせた。

翌日、お鈴は看板描きの仕事が終わった後で、与三次の家へ行った。

朝、お絹は鉄を研いでいた。これはいつものことだ。そのとき、仕事の帰りに与三次のところへ寄るようにと命じられたのである。

「似絵を受け取っておいで」

していた。

と伝えられたのだ。正午前には終わったので、豊島町へ行った。与三次は庭で焚火(たきび)を

「あっ」

燃やしているのは薪だけでなく、仕上がった絵も一緒だった。それを見て、お鈴はど

きりとした。これまでに描いた、狩野派の贋作四枚だったからだ。

高麗屋に売れれば、お絹に借金は返せるはずだ。与三次は女房が亡くなるまでは、その

絵を売って返済に充てようとしていた。

だからこそ、胸に不満を押し込めて描いたのに違いない。

「お由が生きていると分かった。胸を張って会えるようになるためには、これはあっち

ゃあいけねえんだ」

「それはそうだけど」

どこかに、もったいないという気持ちもあった。

「ばあちゃんへの返済は、どうするの」

これから預かる似絵は七両で売れるにしても、五両足りない。返済期日は、今月末だ。

もう間近に迫っている。

「似絵を描く。買ってくれそうな人がいるから」

期日までに仕上げるという覚悟を確かなものにするために、絵を燃やしているのだと

って ゆく。

分かった。一枚目二枚目が燃え尽きて、三枚目四枚目をくべた。見事な絵が、炎に染まってゆく。

そして灰になった。

「これでいい。贋作で銭を得るなんて、絵師として恥ずかしいことだ」

「残していちゃいけないね」

そして燃え上がる炎を見ながらお鈴は続けた。

「でも、悔しいねえ」

狩野派の絵師としては、成功しなかった。それでも女房や子どもは養わなければならない。絵しか描けない与三次は、高麗屋に命じられるままに、やりたくもない贋作を続けさせられた。

高麗屋は、儲けた金で贅沢をしている。

「酷いやつだよ。高麗屋っていうやつは」

怒りが湧いてくる。

「でもねえ、あたしが訴えるわけにはいかない」

「そうだね」

だからこそ悔しいのだ。

「一泡吹かしてやりたいね」

と続けたが、どうすればいいか、お鈴には見当もつかない。

十二

お鈴は、与三次から預かってきた似絵を持って、松枝町の家へ戻った。お絹も、留守の間、どこかへ行っていたらしかった。昼下がり、八つ（午後二時）頃になった。

「じゃあ、出かけるよ」

お絹は言い、お鈴には風呂敷に包んだ似絵を持たせた。そして自分は袋に入った鉞を手にした。

「どこへ行くの」

「売りに行くのさ」

当り前の口調だった。ともあれ、ついて行く。着いた場所は高麗屋で、お鈴はびっくりした。

「ここに売るの」

「そうだよ」

九郎兵衛には与三次が見せているはずなので、安く買い叩かれるだろうと思った。なのになぜという気持ちだ。しかしお絹は躊躇う様子もなく敷居を跨いだ。

主人を呼び出した。

「これは、鉱のお絹さん」

お絹のことを知っていた。鉱で分かった模様だ。袋に入れてはいても、形で分かる。

九郎兵衛の口ぶりは下手だが、目は冷ややかだった。金貸しが、何しに来たといった目だ。

「絵を買っていただきたいと思いましてね」

「ほう。名品をお持ちですか」

「もちろんですよ。だからこちらさんへ、お持ちしたんです」

お絹は愛想がいい。

「では見せていただきましょう」

「大した出来ですよ」

風呂敷を広げて、絵を見せた。

「これは」

一目見て、九郎兵衛は不機嫌な顔になった。おそらく前に見ている。与三次のものと分かったからだろう。

「どうです。一本一本が、よい線になっているでしょう」

「これをいくらで売ろうというのか」

試すような口ぶりだ。

「お安くしますよ。十五両でどうかねえ」

「馬鹿なことを」

声を上げて笑った。

「無名の絵師のものだ。一両でも、払い過ぎだ」

吐き捨てるように言った。

「そうかねえ。十五両ならば、安いと思いますよ」

前には、七両の値がつけられた。そのほぼ倍の値だ。これで売れたら、与三次の借金は完済となる。

「引き取っていただこう」

九郎兵衛は、不機嫌さを隠さずに言った。

「いや。あんたは、必ず買うよ」

お絹の顔から笑みが消えた。夜叉（やしゃ）のような面相になった。見ていたお鈴は、生唾を呑んだ。

「そんなことはない。まさか鉞で脅して、売りつけようというのではあるまい」

「当り前だよ。持ってきたのは、あんたがか弱いあたしを襲うかもしれないからさ」

「ふん。与太を飛ばしているほど暇ではない。さっさと帰れと言っているんだ」

「これで帰されたら、あたしは町奉行所へ行くよ」

お絹の言葉に、鋭さが加わった。本性を、現してきたといった感じだ。

「何だと」

「高麗屋は、狩野派の贋作を高値で売りつけていると伝えにね」

「証拠があるのか」

「小松原将監というお旗本に、杜若の絵を売りつけたじゃないか。他にも売りつけているようだし」

旗本の名と杜若の絵という言葉で、九郎兵衛の目尻がぴくりと動いた。

「十五両は、絵の代だけじゃない。あたしもわざわざ町奉行所なんて、面倒で、行きたかあないんだからね」

堂々と睨みつけている。

「脅しているのか」

少しの間睨み合ったが、先に目を外したのは九郎兵衛の方だった。

「そうじゃあない。話をしているんじゃないか」

お茶一つ出しちゃあくれないけど、と付け加えた。それまでの凄味(すごみ)のある表情が一瞬にして消えて、口には笑みさえ浮かべていた。

「ずいぶん前から、描かせていたんだろ。それで儲けて」

似絵に目をやりながらお絹は言った。こちらの手の内には与三次もいる。杜若の絵だけではないぞと告げていた。

「しかし町奉行所へ行ったら、与三次もただでは済まないぞ」

「あいつは、それでもいいって言っているよ。何しろ身投げをしようとしたくらいだから、覚悟はできている」

「身投げだと」

「そうだよ。あんた知らなかったのかい。うちの孫が、新大橋で飛び込もうとしたところを止めたのさ。嘘だと思うならば、あの辺へ行って聞いて来ればいい。騒ぎになったんだから」

「…………」

「あいつは女房を亡くして、もう失うものなんて何もないんだ」

その言葉は、九郎兵衛には効いたらしかった。奥歯を嚙んだ。

「そうだな」

少し考えるふうを見せてから頷いた。

「十五両で買おうじゃないか」

「ありがたいねえ。物分かりがよくて。あんたが売った狩野派の絵については、誰にも言わない。こう見えてもあたしは、口が堅いからね」

十五両を受け取ると、お絹は鉞を担いで高麗屋を出た。

「杜若の絵が、小松原屋敷にあるっていうのは、分かっていたの」

歩きながら、お鈴は訊いた。

「絶対とは思わないけどね。松と鳥の絵を買った房州屋は、杜若の絵は後に旗本が買ったと言っていたじゃないか」

倉蔵が聞いてきた話だ。

「それにあんたは、小松原が茶会を開くって聞いてきた」

「うん」

「掛け軸に使うかと思ったのさ」

杜若の軸ならば、初夏の茶席には合いそうだ。

行った先は、与三次の家である。

「あんたの似絵は、十五両で高麗屋に売ったよ」

十五枚の小判を畳に並べた。

「これは」

与三次は仰天した様子だった。

「これまでの、いろいろな口止め料も入っているよ」

躊躇いもなく言った。

「じゃあ、借金は」

「ここから貰う」

　十二両を入れてきた巾着に戻した。三枚残った小判に目をやって、お絹は続けた。

「黙っていたら、七両にしかならなかった絵だからね。十五両で売れたのは、誰のお陰だい」

「そりゃあ、お絹さんの」

「そうだよ。よく分かっているじゃないか」

　ならばこれだけ貰っておくよと言い足して、二両を巾着に入れた。お絹はただでは動かない。

「その一両で手土産を買って、浅田屋を訪ねることができるんじゃないかい」

「うう」

　与三次は呻き声を上げた。小判を手に取って握りしめ、お絹に頭を下げた。

十三

　それから五日が過ぎた。朝から蒸し暑い一日だったが、与三次は似絵の制作に精を出している。日本橋を行き来する、人々の姿だ。

お鈴は看板描きを済ませたところで訪ねた。そこで与三次から、昨日、手土産を持って浅草黒船町の浅田屋へ出向いた話を聞いた。

「お由は、目に涙をためて、あたしが訪ねたことを喜んでくれた」

与三次は満面の笑みを浮かべながら、お鈴に話した。

「そりゃあ、何よりだったね」

「あの子は、近くうちに来るそうな。あたしが絵を描くところを見たいそうで」

「そりゃあ嬉しいねえ」

「張り合いがありますよ」

身投げをしようとまで思いつめた与三次は、もうどこにもいない。それはそれでよかったが、お鈴はまだ釈然としない気持ちが残っていた。

高麗屋は、与三次の似絵を十五両で買わされたが、もともと七両の価値はあった。となると持ち出したのは八両だけとなる。

今までさんざん与三次をいいように使って、それで終わりでは面白くないというものだった。とはいえ、もう終わった話だ。これで気持ちを収めるしかなかった。

家まで歩いて帰る途中で、声をかけられた。

「お鈴ちゃん」

声を聞いただけで、豆次郎だと分かった。にこにこして近寄ってくる。

「ふん」

目は合ったが、すぐにそっぽを向いて歩き始めた。先日は、旗本屋敷へ調べに行くのを手伝ってほしいと頼んだが、駄目だと断られた。そしてお由の話をすると、調べに付き合ってもいいような様子に変わった。

「許せるものか」

思い出すだけでも腹が立つ。後ろからもう一度呼びかけられたが、返事をしてやらなかった。

家に帰ると、倉蔵が姿を見せていた。町奉行所へ行っての帰りだそうな。

「そこで、胸のすく話を聞いたぜ」

「何だろ」

「高麗屋のことさ」

それならば、ぜひにも聞きたかった。

「一昨日（おととい）、小松原屋敷で茶会があったのは知っているだろ」

「うん。あたしが聞いてきた」

もう、関わりのないことだと思っていた。

「そこでな、茶室に飾られた杜若の絵が、贋作であると分かって、揉（も）めたらしい」

目の利く旗本の客がいたという話だ。

「小松原将監は、恥をかかされたことになるよ」

とお絹が続けた。楽し気な口ぶりだ。

「小松原は怒って、贋作を売りつけた高麗屋を出入り差し止めにしたとか」

もちろん、絵も引き取らせた。

「それはそうだろうね」

「でもそれだけでは、小松原の怒りは済まなかったらしい」

「どうしたの」

「町奉行のところへ行って、けしからんと伝えたらしい」

小松原は、町奉行と知り合いだった。

「昨日、高麗屋は呼び出され、町奉行から取り調べを受けたそうな」

九郎兵衛は、畏れながらと言って、その一点についてだけ贋作だと認めた。他の証拠はない。その証言のせいで、ただでは済まないことになった。小松原はまだ怒っている。

「それでどうなったの」

「九郎兵衛は一月の手鎖で店も一月戸閉になるらしい」

「そりゃあ、いい気味だ」

お鈴は胸に残っていたもやもやが、だいぶ減ったような気がした。

ただそこで、新たな疑問が湧いた。茶会に呼ばれた旗本は、本当に贋作を見破ったのかということだった。与三次の腕は確かだ。簡単には見分けられない。

「ばあちゃんが、ばらしたからじゃないの」

　お鈴は、頭に浮かんだことを口にした。お絹は、京橋山城町の大店摂津屋主人巳之助とは昵懇(じっこん)だと聞いている。巳之助は絵画の蒐集もしていて、知り合いには大身旗本もいるという話だった。

「あたしは、約束は守るよ。贋作だなんてばらしちゃいない」

「じゃあどうして」

　贋作だとばらしていないというならば、他のことを何か告げたはずだ。

「摂津屋さんの知り合いの御旗本に、何か言ったんでしょ」

「それは、まあね」

　お絹は、つんと澄ました顔になった。

「真贋は、ちゃんと調べた方がいいって、茶会の客に伝えてもらったのさ。それだけだよ」

　お絹は、しゃあしゃあと言った。

第二話

落とした富籤

一

谷中天王寺の境内は、人で溢れている。昨日は一日中雨で、今日もいつ降ってきてもおかしくないような曇天だった。それでも境内にいる者たちに、空模様など気にする気配はなかった。

紙片を手にして、興奮気味に周囲にいる者と話をしている。男も女も、老若も関わりない。侍の姿も交じっていた。

「一等や二等は望まねえ。でもよ、四等の二十両くらいは当たりそうな気がするぜ」

「ふん。当たるのはおめえじゃあねえ。おれの方だ」

勝手なことを言い合っている。

この日は一等が三百両の富籤興行の当たり札を決める日となっていた。本堂の正面廊下側には、遠くからでも見える大箱が置かれている。その中には、二千枚の四桁の番号が記された薄い板の木札が入っていた。その中の一枚を、目隠しした寺の若い僧侶が、大きな錐で突く。

突かれた木札に記された番号が、当たりとなる。

境内は、興奮が冷めない。札を握りしめた人たちが、本堂の木札の入った大箱を見詰めている。すでに一等から三等まで番号が決まっていた。残りは四等の二十両だが、これが最後の当たり籤となる。

「南無阿弥陀仏」

と、両手を合わせて拝んでいる者もいる。

次の一突きで、これまで大事に握りしめてきた富籤が、一枚を除いて紙屑になる。

二等が百両で、三等が五十両だった。今回の富籤は、松、竹、梅の三組に分かれて、それぞれ一番から二千番までの番号が付されていた。一枚が銀二十匁（約三分の一両）で売られ、しめて六千枚が完売したといわれている。

興奮は、簡単には収まらない。裏店暮らしの者には、三百両よりも二十両の方が実感がある。

お鈴は豆次郎と割札を買っていて、境内の人ごみの中にいた。

本来は、寺社の施設の修繕の資金集めのために行われたものだが、多くの者は一攫千金を狙って富籤を買った。

一枚が銀二十匁というのはいかにも高いから、裏店住まいの者は、割札といって、一枚を数人で買って、富籤を楽しんだ。当たった場合は賞金を人数分で分けるが、外れた場合の損失は少なくて済む。

お鈴は、看板描きで稼いだ銭で割札を買った。豆次郎の他に幼馴染の者二人が加わって、四人で割札としたのである。四等でも、当たれば一人五両になる。

「あんたらは、どんな番号なんだい」

親しい者が買ったと聞いたら、札を見せ合う。そのやり取りをするだけでも、わくわくした。

お鈴ら四人が手にしている富籤の番号は、竹の組の八百三十二だった。もうすっかり覚えている。見せられた者のうちの何人かの番号も、頭に入っていた。

「当たったら、どう使おう」

「そうだねえ。しばらくは、内緒にしておくよ」

「いや、おれだったら、嬉しくてきっと誰かに喋っちまうな」

豆次郎が言った。

お鈴は、よほど親しくしている者にでも言わないつもりだった。特に祖母のお絹には、当たっても外れても内緒にする。

「賭け事なんて、甘ったれがすることだよ」

とやられる。豆次郎は、富籤が好きらしい。お鈴は豆次郎から声をかけられた。錠前職人の仕事は好きではなく、自分は向いていないと思っている。親方は厳しいが、実は豆次郎が器用で丁寧な仕事をするところは買っていた。

本人は、それが分かっていない。

「おん富、四番くじー」

どんどんと太鼓が鳴って、僧侶の声が境内に響いた。四等の籤を、これから突くぞ、という合図だった。

ざわついていた境内が、それで一気に静かになった。一同が、札の入った木箱に目を向けた。

錐を手にした僧侶が現れた。するともう一人の僧侶が、丸く切られた板切れを示した。均等に三つに区切られていて、それぞれに松、竹、梅と書かれている。これを回して、若い僧侶が錐で突く。刺さった組の中から、当たりが出る。

「竹の組がきますように」

両手を合わせた豆次郎が呟いた。

目隠しをされた僧侶が、的から二間(約三・六メートル)ほど離れた場所に立った。丸い板が回された。この段階では、文字は読めない。

「やっ」

錐が投げられた。錐は丸い板のどこかに刺さったが、すぐには文字が分からない。けれども次第に見えてきた。

「おおっ、やったぞ」

「うわっ。おれのは松の組だ」

喜びの声と無念の声が上がった。錐は梅の文字のところに刺さっていた。

「駄目だったねえ」

一瞬の出来事だ。豆次郎は、がっくりと肩を落とした。握りしめていた一人銀五匁の割札が、紙屑になった。

これで帰る者がいたが、最後の一突きが残っている。あらかたの者は、境内に残った。外れても立ち去りがたいのだ。

最後の一突きが、行われた。

すべての者は、固唾を呑んで、箱から出された錐の先に刺さった板を見詰めた。脇にいた僧侶が出てきて、板を錐の先から外した。

「おん富四番、梅の一千二百八十八番」

「わあっ」

言い終わるとすぐに、境内から喚声が上がった。

「終わっちゃったねえ」

割札で買った四人のうち二人は、恨みがましいことを口にしながら引き上げていった。他の者たちも同様だ。これまであった高揚感は、一瞬にしてなくなっている。豆次郎はまだ外れた富籤に目をやって、ぶつぶつ何か言っていた。

お鈴がすぐに立ち去らなかったのには、わけがあった。四等の当たり番号に聞き覚えがあったからだ。

事前に富籤を見せ合った中に、今耳にした番号があったと思うからだ。

「小牧屋さんじゃないかねえ」

自信はない。

小牧屋というのは、神田九軒町代地で小間物を商っている。店は表通りだが、間口二間半の小店だった。

主人の常吉は、お絹から十四両を借りている。お鈴は毎月、利息を受け取りに店まで出向いていた。元金の返済期限は今月末となっている。

元金は返せないが、利息はきちんと払っていた。歳は四十一で、女房お貞と十八歳になる娘がいた。気さくな人柄で、常吉とはよく話をした。

その中で、天王寺の富籤を買った話が出ていた。常吉が買ったのは割札ではなく、一枚札だった。

「間違いないのかい」

「たぶん」

豆次郎と顔を見合わせた。

お鈴は、境内を見回した。先ほどまでの人の賑わいと興奮はすっかりなくなって、外れて諦めきれない者二、三十人ほどが残っているだけだった。

その中で、呆然と立ち尽くしている四十絡みの男がいた。それが小牧屋の主人常吉だった。

「よかったねえ。当たったんじゃあないかい」

「あ、ああ」

やはり、耳にした番号だった。四等とはいえ、二十両が入る。一割は勧進元が取るが、それでも十八両だ。お絹から借りた十四両を返済できる。

しかし常吉は、強張った顔をしていた。喜んではいない。

「いったいどうしたのさ」

「そうですよ。四等に当たったんじゃないですか」

お鈴と豆次郎が言った。もっと喜ぶべきだろう。

「当たりはしたんだが」

常吉は、ぶつぶつ口の中で何か言っている。

「当たり札は、持って来たんでしょ」

小牧屋が買った富籤は一枚札だから、賞金に替えようと思えば、すぐに手にすることができる。

「いや、それが」

半泣きの声になった。嬉しくて泣きそうなのではないと分かった。

「いったい、どうしたのさ」

気の短いお鈴には、じれったい。

「昨日、富札を落としちまったんだ」

「ええっ」

「そんな馬鹿な」

お鈴も豆次郎も声を上げた。札を持っていなければ、賞金を手にすることはできない。

「落とした場所は、分かっているのかい」

神田川の南河岸、柳原通のどこかだという。両国広小路から歩いて、九軒町代地の店に戻る途中だ。

「両国広小路にいたときには、確かに懐にありました」

懐に入れたままにしていて、気づかなかったが、手拭いを出して洟をかんだときに落としたのではないかと続けた。

「捜したのかい」

「もちろんだよ」

気がついて、歩いたところを目を皿にして捜しながら辿った。

「それでもなかったんだね」

「そういうことさ」

常吉は肩を落とした。

「それで、自身番や土地の岡っ引きに届けたのかい」

届けたからといって、捜してくれるわけではない。ただ後で何かあったときに、落としたことの証拠になる。

「届けたさ、昨日のうちに。町の自身番に」

常吉は、懐から、紙片を取り出した。それには常吉が、昨日の五月十四日昼四つ（午前十時）頃、富籤を柳原通で落としたという訴えを受けたことが記されていた。書役と詰めていた大家が署名をしていた。富籤の番号も付記されていた。

番号は昨日の当たりが出ないうちに記したものだから、落としたことの証拠になりそうだ。

「じゃあ、天王寺の庫裏にも届けておかなくちゃだめだよ」

「支払われてしまったら、終わりだ」

お鈴の言葉に、豆次郎が続けた。

「そ、そうだね」

早速庫裏へ行って、富籤を扱う高齢の僧侶に事情を伝えた。

「寺では、当たり札を持った方に渡します」

僧侶は言った。当然の対応だが、それではこちらが済まない。

「私には、これがあります」

常吉は、自身番から貰ってきた紙片を見せた。そして札を持った者が現れても、渡すのを待ってほしいと訴えた。

「困りましたね」

渋ったが、受け入れた。ただ持参した者が現れたら、話し合いをして決着をつけてほしいと告げられた。寺は関わらない。期限は向こう一か月のうちだと告げられた。

他の当たり籤も、一月（ひとつき）のうちに賞金を受け取りに来る者がいなければ、寺が寄進として収めるのだとか。

受け入れるしかない。落としたのは、常吉のしくじりだ。

二

「落とした場所を、もう一度当たってみようよ」

お鈴は言った。そのままにはできない気持ちだった。

「そうだね」

豆次郎が応じた。やはり他人事には思えないのかもしれない。もちろん富籤の当たり番号を告げられた興奮は、まだ残っている。

常吉は困惑と怯えで、表情がいつもとまるで変わって別人のように感じられた。次に何をすればいいのか、見当もつかない様子だった。

お鈴に言われて、我に返ったようだ。

「誰かが、拾った人を見たかもしれない」

昼間ならば、人気がまったくなくなる道ではなかった。草叢に、落ちたままになっていることも考えられた。

ともあれ柳原通に急いだ。常吉が昨日歩いた道を、三人で辿った。

「富札を拾ったという話は聞きませんか」

古着の床店を出している中年の親仁に尋ねた。

「聞かないねえ。その富札は、当たりだったのかね」

と訊かれた。

「そういうわけじゃないけど」

いちいち説明をしているわけにはいかない。

次は、蕎麦の屋台の初老の親仁に訊いた。通りかかった小僧や振り売りなどにも声をかけた。

「富籤が落ちていたら、自分で拾うよ。誰かが拾うのも見ていないねえ」

「風で、神田川まで飛んだんじゃないかい」

と告げられて、それもありそうだと考えた。すぐに土手に降りて捜した。

「どうだい。ありそうかい」

それらしいと手を伸ばしても、雨に濡れた枯葉だった。

いつの間にか、ときが過ぎた。小雨が落ちてきて、「おや」と思っていると止んだ。

けれどもまた落ちてきそうな空模様だ。梔子（くちなし）の甘いにおいが、どこかからしてくる。

「そろそろ帰らないと叱られる」

豆次郎が、そわそわし始めた。帰らなくてはならない刻限になったようだ。親方の甚五郎は、なかなかに厳しい。

自分は貰い子だと分かっているから、育ててもらったという恩義があるのかもしれない。いつもどこかおどおどしたところがある。

自分も焼け出されたが、引き取ってくれたお絹は、血の繋がりのある者だった。

「食べさせてやっているんだからね」

とはよく言われるが、自分はおどおどしてはいないと思う。

「そうだね。お帰りよ」

お鈴は豆次郎を解放してやった。

そしてお鈴は、落としたとおぼしい道のすべてを常吉と辿り直した。晩飯の支度が遅れない限り、お絹は面倒なことは言わない。というより、関心を持っていない様子だった。

一刻（約二時間）以上あれこれ当たったが、富籤を拾った者がいたという話は聞かなかった。落ちてもいなかった。

「ああ」

常吉は、嘆息を漏らした。ともあれお鈴は、神田九軒町代地の小牧屋まで常吉を送った。

店は表通りでも目立たない小店だ。日用品だけでなく、櫛や簪（かんざし）なども置いていた。

「帰りが遅いので、案じていました」

女房と娘が出てきて言った。鼻筋の通った、器量のいい娘だ。今月の末までにお絹に金を返せなければ、店か娘を手放すことになる。店は繁盛しているとは感じなかった。

家に戻ったお鈴は、お絹に常吉のことを話したものかどうか迷った。これからどうしたらいいのか、見当もつかない。

けれどもお絹ならば、何か知恵があるかもしれない。

常吉の事情を伝えておくべきだろうという気持ちはあるが、それを言えば、富籤を買っていたことが知られてしまう。金の使い方を知らないと、叱られるだろう。

豆次郎に誘われて、天王寺へ出かけたことにして話した。

「付き合ったんじゃなくて、あんたも割札を買っていたんだろ」

あっさり言われた。図星を指されて驚いた。

「どうして分かるのさ」

「顔に書いてあるじゃないか」

言われてどきりとした。鏡を見たくなった。とはいえ書いてあるわけがないので、お絹の眼力は怖いと思った。

小牧屋常吉の落とした富籤を捜したあらましを話した。

「何にしてもあの人、ほんとに抜かっているねえ」

富籤が当たったことに驚くよりも、落としたことを嘲笑っている印象だった。

「高い金を払って買ったものを、手拭いと一緒に懐に押し込んでおくなんて、まったくどうかしているよ」

と続けた。それはお鈴も、同感だった。折りたたんで、巾着にでも入れておけばよかったのだ。

「それにしても、千に一人しか当たらないような富籤を買って、それで借金を返そうなんて、そもそも考えが甘いよ」

腹を立てている。

お絹は金を貸す者には、磨き抜かれた鉞の刃に手を触れながら、「命懸けで借りるんだよ」と伝えている。富籤で何とかしようと考える性根が、気に入らないのだ。

「富籤を買う銭があったら、返金に回すべきだ」

「でも、当たったじゃないか」

「馬鹿だねえ、あんたは。そんなの、まぐれじゃないか」

憐れむような蔑むような目を向けてきた。

「……………」

言い返したいが、言葉が出ない。

「夢みたいなことを考えているから、罰が当たったんだよ」

常吉への同情は、まったくなかった。

「じゃあ、小牧屋さんの返済はどうなるの」

「決まっているじゃあないか。何とかできないなら、店を手放すか娘を売ってもらうのさ」

お絹は、当り前のことのように言った。

「富籤がどうなったかなんて、こちらには関わりのないことだよ」

と付け足した。

「それはそうだけど」

理屈で言えばそうだが、やはり常吉は不運だったと思うお鈴だ。

「こちらにしても金は、命懸けで貸しているんだ。遊ばせている金じゃあないんだよ。それで食べているんだからね」

これもお絹の口癖だ。

「でもさ、拾った人は、どんな人だろう」

これは気になった。落ちていないならば、誰かが拾ったことになる。

「落とした者が誰か分からないから、返せなかっただけで、明日あたり天王寺へ持って来てくれたらいいんだけど」

「明日来るかどうかは知らないが、持っては来るだろ」

「そうならば、小牧屋さんも助かるね」

「そううまくいくかどうかは、分からないよ」

冷ややかな口ぶりだ。意地悪そうな顔になっている。

「どうしてさ」

むっとした顔になったのが、自分でも分かった。

「賞金は、富籤を持って来た者に渡されるんだろ」

「そうだよ」

「これは私が買ったものだと言い張ったら、どうなるんだよ」

「何を甘っちょろいことを考えているんだ。いい人ばかりが、この世にいるわけじゃないんだからね。これまでだって、いろいろなやつがいただろう」

「それはそうだけど」

「一番都合の悪いことが、えてして起こるもんじゃないかね」

「だけどこっちには、自身番の書役と大家の署名入りの書状がある」

これは絶対ではないか。

「そりゃあ大きいさ。でもね。二十両だよ。欲をかいた人間が、そう容易く諦めるものかい」

言われてみれば、もっともだと思った。

「当たりの番号なんて、札が読み上げられてから書き足されたと言い張られたらどうするんだい」

「だって証人がいるよ」

書役や大家が証言するはずだ。

「ふん。書役や大家は、番号を覚えていると思うのかい」

「それはそうだけど」

「無茶を言うやつは、無茶を押し通すもんだよ」

嫌な予感だった。

三

翌日は朝から雨だった。静かな雨で、外を見て初めて降っていると分かった。お鈴は傘を差して、神田川の船着場へ行った。紫陽花が、雨に濡れている。

居合わせた中年の船頭に尋ねた。昨日は姿を見なかった者だ。

「一昨日ですけど、富籤が水面に浮いていたという話は聞きませんか」

落とした富籤が、風で川面まで飛んだのではないかという考えだ。ないとは言い切れないだろう。

そのまま流されてどこかへ行ってしまったら、このあたりを捜しても意味がない。雨でも、濡れてかまわない品は荷船で運ばれる。十人以上、船頭や船着場にいる荷運び人足に尋ねたが、「見た」と告げる者はいなかった。どこかの杭に引っかかっていないかと目を凝らしたが、発見できなかった。

富籤捜しについては、思いつくことはすべてやってしまった。

それからお鈴は、谷中天王寺へ行った。四等の富籤を持った者が現れないか、これも気になっていた。

善人が拾ってくれたならば、ありがたいと思う。幾ばくかの礼の金子を渡せばそれでいいだろう。

問題はお絹が言う通り、厄介なやつの手に渡ってしまったときだ。

そのあたりを、確かめたかった。お絹に話せば「余計なことを」と言われそうだが、お節介は物心がついたときからだ。

「変なやつが現れたら、手助けしてやらなくちゃ」

とも考えていた。

庫裏の近くにも、雨に濡れた紫陽花が群れて花を咲かせている。ここは僧侶によって手入れがなされているらしい。色も鮮やかで花も大振りだ。

その紫陽花の傍で、常吉が傘を差して立っていた。山門から入って来る者に目を向けている。

「四等の籤を持って来た人は、いたの」

それを待っていたのに違いない。

「まだだよ」

悲痛ともいえる目を向けてきた。昨夜は、よく寝られなかったのかもしれない。四等の富籤を持った者が現れても、すぐに賞金は渡さないことになっている。また、知らせてもらえるように頼んでもいた。

とはいえじっとしては居られなかったのだろう。

庫裏の入口には人が何人かいて、話し声が聞こえる。笑い声も交じっていた。十人以上はいるらしい。

中に入れず、外に立っている者もいた。傘を差していない者もいる。職人ふうだが、身なりも目つきもよくない者がいた。

「あれは三等の五十両が当たった人の、取り巻きだよ」

当たったのは、三十年配と四十年配の職人ふうの四人が、割札で買ったものだという。

「どうしてあんなに、大勢」

「奢(おご)れとか、金を貸せとか言っている」

「いい、たかりだね」

「金が入るとなると、ああいう連中が集まってくる」

常吉は、苦々しい顔で言った。

「小牧屋さんへも、来ているの」

「私は籤を落としたと知られている」

「ならば来ないね」

少しほっとした。

「金が入ったところで、それはすぐに銑ばばあのところへ行ってしまうけどね」

それでも、店や娘は守ることができる。

しばらくして、中から男たちが出てきた。様子を見ていると、当たった四人が誰かはすぐに分かった。声を上げて、あれこれ言わない者だ。

「さあ、これから祝宴だな」

「うまい酒が飲めるぞ」

たかろうとしている者が、媚(こ)びるような顔でいろいろと言っている。

「一人十数両になるだろうけど、いい顔をしていたら、じきに毟(むし)り取られちゃうね」

お鈴はため息を吐いた。

それからしばらくして、侍が足早にやって来た。傘を差してはいたが、急いで来たのかもしれない、袴(はかま)の裾はすっかり濡れていた。主持(あるじも)ちの侍だが、身なりからして高禄(こうろく)の者とは感じなかった。

ついて来る者はいない。

お鈴と常吉は、入口近くへ寄って、僧侶とのやり取りに耳を澄ませた。

「二等に当たり申した」

当たり籤を示した。お侍も富籤を買うのかと驚いたが、昨日も境内に侍がいたのを思い出した。

常吉は、羨望の眼差しでその模様を見ている。

「あのお侍は、当たったことを誰にも言わなかったんだね」

「そうらしい」

返さなくてはならない高額の借金が、あるのかもしれない。

「気が大きくなるから、つい言ってしまいそうになるけど」

お絹は富籤など買わないが、もし買って当たっても、口にはしないだろうとお鈴は思った。

引き換えは一月先までだから、当たり籤を持った者が今日来るとは限らない。夕方まで境内にいたが、一等を当てた者は、現れなかった。

四等の籤を持った者も姿を見せなかった。

「もし今月中に、賞金を引き取りに来なかったら」

常吉は怯えた顔で言った。お絹への返済が、頭にあるのだろう。常吉には、長い一日になったはずだった。

家に帰ったお鈴は、事の次第をお絹に伝えた。

「そうかい。小牧屋はずっと、寺にいたわけだね」

「気が気じゃなかったんだよ」

「浅はかだねえ。現れたら、寺から知らされるんだろ」

「うん。そう頼んである」

「何であれ、賞金が手に入るとは限らない」

「それはそうだけど」

「ならば手に入らないことも考えて、小牧屋は金策をしなくちゃしょうがないんじゃないかい」

そういうところが甘いと続けた。

四

次の日は曇天で、朝から蒸し暑かった。じっとしていても、汗が滲み出てくる。

お鈴は朝から看板描きの仕事をした。顎から滴り落ちる汗が、紙の上に落ちないように注意した。

居酒屋の腰高障子に、屋号と腹の膨れた河童が酔って寝転んでいる絵を描いた。

道行く人の中には、立ち止まって、絵や描いているお鈴に物珍しそうな目を向けてくる者もいる。

「面白い絵だねえ」

褒められると、嬉しかった。腰高障子二枚を仕上げて、二百文の手間賃を受け取った。

合切袋に道具を入れて、天王寺へ向かったのは、正午近くだった。道々、梔子のにおいをかいだ。雨は降りそうで降らない。

境内は、今日はしんとしている。青白い顔をした常吉は、今日も群れて咲く紫陽花の近くにいた。

「昼四つ頃に、一番の富籤を持った人が来たよ」

裕福そうな商家の、隠居だったとか。跡取りと番頭がついて来たが、それは護衛ということだろう。

「三百両なんて、なくてもよさそうな人に見えたが」

常吉はぼやいた。

「世の中、うまくいかないねえ」

お鈴もため息を吐いた。隠居は富籤を十枚買って、そのうちの一枚が当たった。常吉は隠居のやり取りを聞いていたようだ。

そして夕刻近くになって、三十半ばくらいの職人ふうの男が現れた。みすぼらしい身なりだ。擦り減った下駄(げた)を履いている。

一人かと思ったら、山門のところに遊び人ふうの二十代後半くらいの男が二人いた。ついて来たのかどうかは分からない。見ていると男は庫裏の出入口に入った。

お鈴は常吉と共に入口の側へ行った。いよいよ現れたかと、胸が高鳴った。

「あっしは、四等に当たりましてね」

姿を見せた若い僧侶に、富札を見せた。困惑顔をした僧侶だが、ともあれ富籤を扱う高齢の僧を呼んだ。現れた僧は、受け取って番号を検めた。

「番号は、確かだが」

苦い顔になって、富籤を男に返した。

「すぐには、替えられませぬな」

と続けた。

「どうして、替えちゃあ貰えねえんですかい」

男はあからさまに顔を歪め、不満そうな口調で言った。

ここで常吉が、敷居を跨いで土間に入った。

「その富籤は、わ、私が落としたものだ」

体を震わせていた。額と首筋に、脂汗が浮いている。

富籤を持って来た男は驚いた様子で、目をぱちくりさせた。

「か、返していただきたい」

手を差し出した。男は一呼吸するほどの間、体を強張らせたが、富籤を懐に押し込んだ。

「何を言いやがる。これは富籤売りから、おれが銀二十匁で買ったものだ」

男はふざけるなと続けた。やや面長で、顎に黒子（ほくろ）があるのに気がついた。

「いや、間違いはない」

「ふん。この富籤に、あんたの名でも書いてあるというのか」

この男が拾ったのは間違いないが、認めない。素直に渡す気持ちはないらしかった。目つきが厳しくなった。争うつもりだ。

「そ、それはないが。自身番から貰ってきたものがある」

常吉は、富籤を落としたことに関して記された紙片を差し出した。受け取った男は、文字に目を走らせた。

読んでいる途中から、どきりとした表情になった。しかしすぐに気を取り直したように告げた。

「これが、何だって言うんでえ」

胸を張って、常吉を睨んだ。お鈴には虚勢を張っているようにしか見えないが、何であれ渡す気持ちがないことは伝わってきた。

「こんなもの、どうにだって拵えられるだろう」

と続けた。

「ま、まさか。落としたその日のうちに、届けたんだ」

男の剣幕に、いく分たじろいた気配で常吉は返した。

「日付なんて、どうにでも書けるぜ」

まったく引く気配は見せない。あまりにも傲慢な口ぶりで、お鈴は我慢ができなくなった。

「その書状は、富籤を落とした町の自身番に詰める、書役や大家といった人が署名をしたものだよ。それ以上に確かなものなんて、あるものか」

一気にまくし立てていた。男はそれでわずかに怯んだかに見えたが、やはり引かなかった。

「おれはその日は、柳原通には行っちゃあいねえ」

「それこそどこまで本当か、分かりはしないよ」

言い返したお鈴は、男を睨みつけた。

「だから何だっていうんだ。富籤は、おれが持っているんだ。賞金は、富籤を持って来た者に渡すんじゃあねえのか」

後半は、僧侶に言っていた。告げられた僧侶は、返事ができなかった。

「盗んできた富籤でもかい」

怒りが収まらないお鈴は、叫んでいた。

「盗んだだと。いつ盗まれたんだ」

例えて言ったつもりだったが、男はそこを突いてきた。

「ぬ、盗まれちゃ、いないが」

常吉が、慌てた様子で言い返した。

「ふん。確かな証もねえのに、盗人扱いをされてはかなわねえ。いってえ、どうしてくれるんだ」

男は、『盗んできた』という言葉に、絡んできていた。お鈴にしても、その言葉を使ったのはまずかったと思ったが、発してしまった以上どうにもならない。

「あたしの言い過ぎだった」

ここは謝るしかないと思った。しかし男は受け入れなかった。

「謝るというのなら、さっさと賞金を出してもらうように頼め。当たり籤を持っているのは、こっちだ」

話にならない。

「まあ、落ち着いて話してもらおうじゃないですか」

終わりそうにないやり取りに、痺れを切らせた僧侶は言った。仲裁に入ったわけではなく、ここでやり合うのは迷惑だと告げていた。

あくまでも、そちらで決着をつけてくださいという態度だ。明日の昼四つに、もう一度、寺で顔を合わせることにした。男は、神田雉子町の裏長屋に住む櫛職人の丑造という者だと伝えられた。

五

丑造が寺から引き上げてゆく。お鈴はその後姿を、目で追った。

山門を背に歩き始めたところで、先ほど姿の見えた遊び人ふうの男二人が傍に寄って並んで歩き始めた。何やら話をしている。

庫裏であったやり取りを、伝えているらしかった。

昨日の五十両を当てた四人に付きまとっていたたかり連中と、同じようなてあいだとお鈴は見た。精いっぱい虚勢を張っていたが、当たり籤を持っていることを黙っていられない人なのだと思った。

「厄介なやつに、拾われたね」

お絹が口にしていた言葉を思い出した。予想した中では、最悪の相手だ。

「どうしたらいいのでしょう」

常吉は半泣きの声だった。

「怯んじゃいけないよ。こちらには、自身番の書役や大家の署名が入った、落としたことを明らかにする書面があるんだから」

力づけた。

「でも」

「じゃあ、ばあちゃんへの返済はどうするんだよ」

ここは何があったって、引くわけにはいかないじゃないかと、常吉の弱気には腹が立った。

「ごり押しなんかには負けちゃいけないよ。強く出なくちゃいけないときには、出なくちゃ」

ただ力押しをしても、相手は引かない。当たり籤を持っているのは向こうだった。となるとどう当たればよいか、手立てを考えなくてはならなかった。

「引けるところは、引かなくちゃいけないかもしれないね」

常吉には、明日までに策を考えておくように話した。

そしてお鈴は、このまま明日を待つつもりはなかった。丑造がどのような人物なのか、調べることにした。櫛職人ならば、今は長屋で仕事をしているかもしれない。

「様子を見てみよう」

ともあれ神田雉子町へ行った。長屋はすぐに分かった。古材木で建てたような代物だったが、掃除は行き届いていた。

ここでも建物の脇に、紫陽花が花を咲かせている。

中を覗くと、丑造は留守だった。待っていた遊び人ふうと酒でも飲んでいるのだろうか。

井戸端に、四人の老若の女房がいて話をしていた。お鈴は丑造について、女房たちに問いかけた。訪ねてきたが、いないという形でだ。

「どこかの居酒屋で、払いが溜まっているのかい」

「まあね」

あいまいに答えた。居酒屋の掛け取りだと思われたのならば、それでいい。

「あの人、一昨日から、仕事なんてしていないよ」

「そうそう。帰ってくるのも遅いし、今朝は、昼四つ頃起き出して、そのままどこかへ行ってしまった」

富籤のことを口にする者はいない。女房たちには、話していないようだ。

「櫛職人ということですが、通いですか」

「あの人、ちゃんとした親方になんてついていないよ」

下請けの賃仕事をしているだけだとか。

「安物のね」

誰かが言うと、他の者がげらげらと笑った。

「でもあの人、若い頃はちゃんとした親方についていたって、自慢していたことがあったよ」

「そう言ってたけど、口からの出まかせじゃないかね」

「偉そうなことは、いつも口にしているからね」

一同は頷いた。

「でもそれ、けっこう本当かもしれないよ」

一番年嵩の女だ。

「あの人、博奕でしくじったって、話したことがある」

「それで悶着を起こして、辞めさせられたわけですか」

とお鈴が、言葉を挟んだ。

「それならばありそうな」

「うん。あの人、今でもやっているんじゃないかい」

「どうして分かるんですか」

お鈴は首を傾げて見せた。

「ときどき、目つきのよくない人と歩いているから」

「そういえば、あたしも見かけた」

複数の者が、破落戸ふうが訪ねて来たのを目にしたと告げた。

「どこで博奕をしているのでしょうか」

「さあ。それは」

首を傾げられた。知っている者はいない。聞いた限りでは、身を持ち崩した博奕好きの職人といった印象だ。

丑造の長屋を出たお鈴は、小泉町の田楽屋うさぎ屋へ行った。大叔父倉蔵の店だ。女房のおトヨは、倉蔵より一回りも歳が若い。おトヨは、店の掃除をしていた。まだ店を開ける刻限ではない。

「どうした。今日は稽古の日ではないぞ」

倉蔵が声をかけてきた。お鈴は倉蔵から、柔術の稽古をつけてもらっている。お絹の家に引き取られて、間のない頃からだ。

「女だって、自分の身は自分で守らないとね」

お絹が薦めた。やり始めると、面白かった。

ここでお鈴は、常吉の富籤に関する話を倉蔵に伝えた。

「おまえ、またお節介を焼いているんだな」

話を聞いた倉蔵は、しょうがないやつという目を、向けてきた。

「でもさ、ばあちゃんからお金を借りている人だから、取り立ての役には立つんだよ」

言い訳をした。そして丑造について、調べてほしいと頼んだ。

「ふざけたやつだな。拾った富籤でひと稼ぎか」

「まったくだよ」

「仕方がねえな」

大叔父は、柔術の稽古のときは厳しいが、それ以外ではお絹とは比べ物にならないくらい頼りになる。

「住まいが神田雉子町なら、おそらく賭場は、八ツ小路あたりを縄張りにする地回りのところだろう」

見当がつくらしい。倉蔵の縄張りではないが、地回りの子分に知り合いがいるという。

「そいつに聞いてやろう」

一緒にうさぎ屋を出た。

「三十半ばの、櫛職人の丑造ねえ」

見るからに悪相の男が、倉蔵の問いかけに腕組みをして首を傾げた。博奕は禁制だが、裏ではどこでもやっている。土地の岡っ引きは、見て見ぬふりをする代わりに、種々の情報を得ていた。倉蔵とは、そういう関わりだろう。

しばらくして、思い出した。

「そういえば、そんな名の、しけたやつがいたな」

小者扱いだった。半端職人ならば、博奕に使える銭はたいしてなかっただろう。

「近頃は、顔を見せていませんぜ」

「では、足を洗ったのか」

「そうじゃあねえでしょう。一度染まったやつは、簡単には抜けられるもんじゃねえですから」

「まったくだ」

「このあたりには、近頃厄介なやつらがいましてね」

男は苦々しそうな表情になった。

「ほう」

「無宿者十人ばかりがつるんで、勝手な真似をしていやす」

強請やたかりのようなこともするらしい。

「縄張り内でそれをやられたら、放ってはおけないな」

「そういうことで」

ただ仲間も次々に変わって、住まいも転々としている。捕らえようがないという話だった。捨五郎なる名の、二十代後半の上州無宿が頭だとか。

「八ツ小路あたりで人を募って、本郷や湯島の空き寺や空き屋敷を使って、賭場を開いています」

地回り一家はその者たちを潰そうとしているが、なかなかうまくはいかないとか。八ツ小路周辺には、少なくない無宿者がうろうろしている。捨五郎の配下かどうか、特定しきれない。

「丑造は、捨五郎のところで博奕をしているのではないかというわけか」

「分かりやせんがね。そんなところじゃねえですか」

地回りの子分は言った。

六

お鈴は倉蔵と共に、八ツ小路の広場を歩いた。無宿者ふうがいると声をかけた。

朝からずっと蒸し暑い。相手は月代（さかやき）を剃（そ）ることもないまま、着の身着のままでいる者たちだ。風呂にも入っていないだろう。近寄ると饐（す）えた汗と埃（ほこり）の混じったにおいが、鼻を衝（つ）いてきた。

倉蔵は気にしないが、お鈴にはきついにおいだった。腹に力を入れ、覚悟を決めて向かい合った。

「捨五郎という上州無宿を知らないか」

「名は知っているぜ。小博奕を、ここの親分の目を盗んでやっているらしいが」

初めの二人は知らないと答えたが、三人目でそう返した者がいた。十人程度の集まりだが、下っ端は入れ替わるらしい。丑造のことは知らなかった。

「誰でもいい、賭場に出入りした者を知らないか」

倉蔵は問いかけてゆく。

「それならば、昌平橋(しょうへいばし)の向こうでたむろしている次助(じすけ)が知っているんじゃないか」

と言った者がいた。次助は捨五郎の賭場で儲けたらしい。次助を探して問いかけた。

傍に仲間が三人いた。

「ああ、捨五郎の賭場へは行ったことがある。地回りの賭場のような大きな勝負はねえが、おれたちにはちょうどいい」

それでも、テラ銭は取られたようだ。

「町の者を連れてゆくと、銭がもらえる。それで連れて行って、貰った銭で遊んだんだ」

「儲かったのか」

「あっという間に消えたがよ」

笑い声が上がった。

「でもよ、大きく損をしたやつがいたじゃねえか」

「ああ、いたいた。初め儲かって、いい気になって賭けたやつだな」

博奕に嵌(はま)るのは、あらかたそういう者だと倉蔵は教えてくれた。

「そうそう、櫛職人だとか言っていたな」

さらに話を続けた者がいた。

「その櫛職人の名は」

「さあ、覚えちゃいねえが」

半月ほど前のことだそうな。

「二両くらい儲かったが、終わったときには一両の損になった」

「そうそう、それで止めればいいのに、取り返さないかと捨五郎に勧められて、次の日もやって来たんだ」

「口車に乗りやがった」

「損は、大きくなったわけだね」

お鈴が声を出した。馬鹿なやつだと思っている。

「どれくらいの損か」

「四両とか五両とかになったと聞いたが」

次の日は行かなかったので、人から聞いたという。

「あいつ、嵌められたんだな」

「いかさまか」

「ないとは言えねえな」

もともと縄張りなどはない。面倒になったら、逃げ出せばいいだけの者だ。

「そういえば、他にも大きく負けたやつがいると聞いたぜ」

銭のない無宿者からは、テラ銭を取るだけで遊ばせる。しかし町の者がやって来たら、見極める。金持ちか、そうでなくても毟り取ることができそうなやつか。これと目をつけたら、搾り取れるだけやる。

「賭場の場所は決まっているのか」

「いや。そのたびに変わる。仲間のやつが、その日の昼間に伝えに来る」

定町廻り同心や岡っ引きではなく、地回りを警戒しているらしかった。

他の者にも聞いた。青物屋の親仁が損をしたという話を聞いて、行ってみた。

「ええ、やられましたよ」

額は二両と少々だった。

「もっとやろうと勧められたが、断った」

口には出せなかったが、いかさまではないかと思ったとか。

「払えたのか」

「かかあに叱られましたが、何とか」

「もし払えなかったらどうなるのか」

「あいつら十人ほどでやって来る。店をめちゃくちゃにされたという話を聞きました」

「ええ。何しろ無宿者たちですからね、住まいも何もねえ」

「失うものは、何もないわけだな」

烏合の衆で、銭にも汚いわけか。

「捨五郎を頭にした十人ほどというのは、どこに住んでいるのか」

「決まったところになんて、住んでいないのではないですかね」

「四、五両をやられた者がいると聞くが、そいつの名は分かるか」

「そういえば、なんとか造とか聞いたような」

丑造に違いないと考えた。ここまでの話を聞く限りでは、丑造はただの小悪党といった印象だ。

「丑造は、返済のためにはどうしても賞金が欲しいわけだね」

「そういうことだろう」

倉蔵は答えた。

「でも捨五郎とか、質の悪いのが十人もついていたら、厄介だね」

お鈴が返した。ともあれ分かったことは、常吉に伝えておくことにした。

「いろいろありがとう」

倉蔵だからこそ、ここまで聞き込むことができた。

お鈴は倉蔵と別れて、神田九軒町代地の小牧屋へ向かった。そろそろ夕暮れどきになっている。遅くなると、お絹に叱られる。早足になった。

七

天王寺から帰った常吉は女房お貞に、当たり籤を手にした丑造なる者が現れたことを伝えた。

「じゃあ、賞金は受け取れないの」

驚きと失望の混じった顔になった。怯えもある。お絹に返済ができなければ、どうなるか分かっているからだ。

「いい人が、届けてくれればいいと思っていたんだが」

「とんでもない人が、現れましたね」

二人でため息を吐いたが、嘆いているだけでは始まらない。

「どうするか」

「どうするったって十四両の借金は返さなくちゃあならないんだし」

お貞は涙目だ。

「引けるところは、引かなくちゃ」

と、お鈴の言葉を伝えた。それしかないのは分かっていた。

「じゃあ、二、三両もあげればいいのかね」

とお貞が言った。賞金の一割は寺への寄進となる。手取り十八両だから、それで済むならば借金の返済はできる。

「しかしそれで、あいつは引くのか」

常吉は、強引だった丑造が、その程度で納得するとは思えなかった。

「半分の十両までは、出さなくてはならないのかも」

「ええ、そんなに」

お貞は驚いている。丑造と名乗った男のふてぶてしさが、分かっていないからだ。

「今月中には、話をつけなくてはならないからな」

とはいえそれでも、返済には四両足りない。

「用意ができるのかい」

「まあその程度ならば、親類縁者に頭を下げて廻ればなんとかなるかもしれない」

「でも、もうそういうところからは、借りているじゃないか」

「だからもう一度、頭を下げるのさ」

気は重いが、他に手はない。

成り行き次第ではあるが、半分までは出すということで腹を決めた。ただそうなると、金策に出なくてはいけない。

常吉は、すぐに親類縁者を廻った。まずは本家の紙問屋だ。ここの主人は三十代半ばで、歳下だ。両手をついて、頭を下げた。

「もうこれまで、充分過ぎるくらい貸していますよ。返済はどうなるんですか」

冷ややかだ。

「もちろん、精いっぱいやって」

「精いっぱいですか。前にも言っていましたね。うちだって苦しいんですよ」

色よい返事は貰えない。高利貸しのところへ行けば何とかなるかもしれないが、それをしたら終わりだと分かっていた。

お絹は取り立てこそ厳しいが、阿漕な高利貸しではない。他の縁者を訪ねた。

そろそろ夕暮れという頃、常吉は疲れた体で店に戻って来た。

「用立てよう」

と言ってくれた縁者は一軒もなかった。

「これまで、いったいどんな商いをしてきたんだね」

説教をされた。針の筵（むしろ）に座らせられたようだった。

帳場に腰を下ろして一息ついていると、店の前に乱れた足音があった。目をやると、破落戸ふうの男が五人、狭い店の中に入ってきた。

皆、入って来たときから、絡んでやろうという気配をふりまいていた。

「しけた品しか、置いていねえな」

「まったくだ。何だこれは」

一人が塗り物の器を手に取って、宙に投げた。受け取る者がいないので、そのまま土間へ落ちた。器の縁が、欠けたのが分かった。

他の一人が、簪を一本手に取った。

「こりゃあ、安物だな」

両手で折ってしまった。どちらも高い品ではないが、商品であることは間違いない。とんでもない仕業だ。

「な、何をなさいます」

常吉は、一番年嵩の男に言った。

「うるせえ」

他の男は、楊枝（ようじ）の入った箱を土間にまいた。さらに足で踏んづけた。そして年嵩の男が言った。

「おめえは他人の富籤で、荒稼ぎをしようとしているらしいじゃねえか」

「そうだ。ふてえ野郎だ」

他の者が続けた。

「阿漕な真似をしやがると、お天道様が許さねえぞ」

店の他の品も、土間に叩きつけた。止めようとしても、相手が大勢なのでどうにもならない。

お鈴は小牧屋の近くまで行った。

「おや」

様子がおかしい。何やら店の中が、騒がしかった。駆け寄って、店の中を覗いた。

何人かの破落戸が、店の中を荒らしている。商いの品が、投げられていた。

それでお鈴は、咄嗟に声を上げた。

「小牧屋さんに、盗人だよ」

二度繰り返してから、店の中に踏み込んだ。一番手前にいた破落戸の腕を取って引いた。

「やっ」

腰を入れて、外の地べたに投げつけた。地響きが起こった。

「人が来るよ」

お鈴はさらに声を上げた。

「な、何だ」

いきなり現れた小娘が、あっというまに男を投げ飛ばした。驚いたらしい。

「押込みだ」

さらに声を上げると、破落戸たちは明らかに動揺した。

「くそっ」

一人が店から飛び出すと、他の者たちが続いた。道の両方向に駆け出してゆく。逃げ足は速かった。

「どうした」

棍棒などを手にした近所の者が集まってきたときには、破落戸たちはすべて姿を消していた。

店の中は、荒らされ放題だった。売り物にならなくなった品も少なくなかった。

「酷いことをするねえ」

お鈴は怒りが湧き上がった。怪我人がいなかったのが、せめてものことだった。

「いったい何があったのさ」

「あいつら、丑造の仲間らしい」

常吉から、破落戸たちが現れた後の顚末を聞いた。

「その中に、丑造はいたのかい」

とはいえ富籤のことを口にしたのならば、関わりのない者とは思えない。

「いや、いなかった」

「脅しに来たわけだね」

捨五郎らの仕業に間違いなかった。怒りが収まらない。体が震えるほどだった。ただ相手が捨五郎の一味だとしたら、どうにもならない。烏合の衆で、住まいも分からない。地回りさえ、手をこまねいていた。

「ど、どうしたらいいんだ」

常吉の顔は青ざめていて、体を震わせている。

「駄目だよ。負けちゃあ」

「でも、またあるかもしれない」

「近所の人に話しておくんだよ。何かあったら、すぐに来てもらえるように」

これで賞金を諦めたら、卑怯なやつが儲けるだけだ。そんなことはさせてたまるか。悔しさで、体が燃えるようだ。

お鈴にはこの件が、自分のことのように思えた。

八

翌日の昼四つ、お鈴は常吉と二人で天王寺の庫裏へ出向いた。朝から小ぬか雨の空だ。相変わらず蒸し暑い。

丑造は、二十代後半の荒（すさ）んだ気配を漂わせた破落戸ふうを供にして顔を見せた。男は、捨五郎だと名乗った。

「こいつが捨五郎か」

胸の内で呟いた。捨五郎は、お鈴に鋭い一瞥（いちべつ）を寄こした。

上州無宿と聞いていたが、唐桟（とうざん）を身に着け膚（はだ）の色艶はよかった。いっぱしのやくざ者だ。ふてぶてしい目顔が、こちらに向けられている。

丑造の方が、子分の三下（さんした）といった感じに見えた。

天王寺の僧侶にしてみれば、富籤で悶着を起こしたくない気持ちがあるらしい。富籤興行はこれからもあるから、不祥事は避けたいのだ。寺社奉行から、以後興行中止とされてはかなわない。

この日は高僧だけでなく、寺社役同心も顔を見せていた。

捨五郎は目つきこそふてぶてしいが、ここではほとんど口を開かなかった。昨夕の襲撃のことなど、おくびにも出さなかった。

こちらも触れない。話に出したところで、「知らない」と返されればそれまでだ。

庫裏の一室で、常吉と丑造が向かい合った。どちらも、汗ばんだ顔だ。

「いかがなされるかな」

担当の僧侶が、常吉と丑造に交互に目を向けた。

「賞金の二割を受け取っていただくことでいかがでしょう」

まず常吉が口を開いた。お鈴は、ここから始めると伝えられていた。

「話になりませんな」

丑造は、決まっている台詞のように言った。顎の黒子を指でなぞった。

予想した返答だが、常吉は顔を引き攣らせた。

「で、では、半々ということで」

これが常吉としては、妥協できるぎりぎりだった。口にしてから、相手の反応を窺った。

「からかってもらっちゃあ困りますぜ」

胸を張った丑造は、ちらと捨五郎に目をやってから続けた。

「富籤を持っているのはこちらだ。宗八という富籤売りから買ったんだ。そちらが受け取る筋合いは、微塵もない」

譲る気はない、という言葉だった。

「富籤は、どのように売られるのでしょうか」

お鈴が、僧侶に尋ねた。

「富籤は寺でも扱うが、おおむねは前から出入りしている業者が売る」

宗八はその業者の配下で、売り手の一人だと告げた。

「どうせ後からそれらしい売り手を探したんだ」

お鈴はそう感じている。ただ前のように、言っても仕方がないことは口にしない。

「しかしそれでは、そちらもお困りでしょう。どうです、一両を差し上げようじゃないですか」

恩着せがましい言い方だ。お鈴は奥歯を嚙みしめた。

「どうせ、こちらが受け入れられないような話をしてくるよ。そいつら」

昨夜、お鈴はお絹に、丑造や捨五郎について調べたことを伝えた。聞き終えて、お絹が返してきた言葉がそれだった。

「じゃあ、一両も」

「出したくないだろうさ。全部持ってゆくつもりなんだから」

話にならないということだ。

「じゃあ、どうしたらいいの」

「向こうは、小牧屋に泣き寝入りさせるつもりでいる」

「ふざけた話だね」

「もう相手は、丑造じゃあない」

お絹ははっきりしていた。

「捨五郎ということだね」

「そうさ」

「じゃあ、諦めるの」

「馬鹿な。そんなことはさせない。いいかい、よく考えてごらん」

「何をさ」

「まったく、あんたはいつも鈍いねえ」

と言ってから、お絹は続けた。

「あいつらだって金子は欲しいんだ。支払われるのは一月後までなんだから、それまでには決着をつけたいと考えているさ」

「そうだね」

「慌てちゃあいけない。焦らしてやればいいのさ」

その通りだが、常吉にしてみれば落ち着かない気持ちだろう。お絹への返済期日は、今月末に迫っている。早く決着をつけたいのだ。また昨日は襲撃を受けた。

またあるのではないかとびくびくしている。

「どちらも、譲れないということですな」

双方の言い分を聞いた僧侶が言った。もう困ってはいない。寺は、二人の間で決着をつけろという立ち位置だ。決まらなければ、二十両は寺のものとなる。それならばそれでいいというのが本音だと察しられた。

「では当寺としては、手を引かせていただきます。お二方で、じっくりと話し合っていただきましょう」

「いや、明日もう一度こちらで」

常吉が、慌てて言った。話し合いができる相手ではない。寺に間に入ってもらうことが欠かせなかった。

「明日になったら、諦めていただけるんですかね」

丑造はとぼけた顔で言った。

「来月になってからでもかまいませんがね」

と付け足した。

「諦めるのは、そっちだよ。拾った富籤のくせに」

抑えていたつもりだが、お鈴は思っていることを、つい口から出してしまった。昨日は小牧屋の店にまで来て荒らして、脅しをかけてきた。卑怯だ、という怒りが胸を覆っている。

しかし丑造は、慌てなかった。

「おかしなことを。私が拾ったという証拠がありますか。見ていた人が、いたのですかね」

どうだといった顔だ。わざと丁寧な言い方にしていた。横で捨五郎が、もっともだという顔で頷いている。

お鈴は、次の言葉を呑んだ。ともあれ明日も同じ刻限に、僧侶立会いのもとで、寺の庫裏で話をすることになった。

九

「悔しいね」

お鈴の気持ちは収まらない。丑造と捨五郎はどこで聞いたか、今月中に借金返済をしなくてはならないという常吉の弱みを踏まえてものを言っていた。

売ったという富籤売りの宗八に当たってみることにした。お鈴と常吉は、まずは富籤売りの親方のところへ行く。

僧侶から、親方の住まいは下谷(したや)御切手町(おきってまち)だと聞いた。

江戸も北の外れで、鄙(ひな)びた町だった。ぽつんぽつんとある民家の先には、雨に濡れた田圃(たんぼ)が広がっている。

「その話は、聞いた。面倒なことになったようで」

初老の親方は、同情気味に言ってくれた。天王寺の僧侶から聞いたのだとか。お鈴が、富籤がどのように売られたのか尋ねた。

「先日の富籤は、十人の振り売りが、江戸府内を二月かけて廻って売った。一枚残らず売れたよ」

賞金の三百両と、通常は三等までなのだが、今回は四等まであったので評判になった。売れ行きはよかったとか。

「宗八は、神田界隈を売り歩いていたね」

七百枚ほどは売ったそうな。

「それならば、丑造が買ったとしても、おかしくはないが」

聞いた常吉は、弱気な口調で頷いた。

「宗八という人が売っていたっていうことなんて、何人かに訊けばすぐに分かる。調べた上で、名を挙げたんだよ」

お鈴は決めつけた。

さらに宗八を探して、問いかけをした。宗八は、違う寺の富籤を売り歩いていたので、会うのに多少手間取った。

こういうとき雨は厄介だが、仕方がなかった。

「二か月もかけて、七百枚以上も売っているんだぜ。買った客の顔なんて、いちいち覚えているわけがねえじゃないか」

　あっさりと言われた。住まいや名を聞いて売るわけでもない。十枚二十枚と買った客は覚えているが、それはごく少数だった。

「それでは、買っていないことの証明なんて、できませんね」

「当り前だよ」

　言われればもっともな話だが、がっかりした。常吉とは、八ツ小路へ戻ったところで別れた。

「次に何ができるか」

　それを考えながら、神田川河岸の道を歩いた。雨に濡れた土手の草叢から、梔子の甘いにおいがしてきた。

「お鈴ちゃん」

　そこで声をかけられた。聞き覚えのある声で、豆次郎だった。小さな風呂敷包を持っている。これから、仕上げた錠前を届けに行くところらしい。

「しょげた顔をしているねえ」

　近寄ってきて言われた。少しむっとした。軽く見ている豆次郎から、同情されたようで面白くない。

　それでもお鈴は、豆次郎の腕を取って、近くの商家の軒下へ寄った。雨だけは凌げる。

常吉の富籤に関するその後について、豆次郎に話をした。

「面倒なことに、なっているねえ」

話を聞いた豆次郎は、他人事のような口の利き方をした。最初は落とした富籤につい
て、熱心に聞き回ったくせにという気持ちが胸の中で湧いた。

「あんた、ずいぶん薄情な言い方をするね」

つい言ってしまった。

「そんなことはないよ。案じていたんだ」

豆次郎は後ずさりしながら返した。

「ふん。どうせ口先だけだろ」

「違うよ。できることがあるならば、やるんだから」

そう言ってから、はっとした顔になった。

「じゃあ、これからあたしに付き合いなさいよ」

「な、何をするんだい」

「丑造のやつが、常吉さんが富籤を落とした日の同じ刻限に、ここへ来ていたかどうか
確かめるんだよ」

話しながら、思いついたことだった。丑造は、僧侶や常吉の前で、行っていないと証
言した。

「いや、無理だよ。おいらはこれから、でき上がった錠前を本郷まで届けなくちゃならないんだ」

豆次郎が自身で手がけた物だという。呉服屋の土蔵にかける錠前だそうな。それならば、後回しにはできないかもしれない。

「ならば届けるのに、付き合ってあげる。その後で、もう一度柳原通を二人で当たってみようよ」

と誘った。

「嫌だよ。また油を売っていたって叱られる」

おろおろしている。きっちりとは断れないところが、意気地のないところだ。かまわずついて行く。

「出来上がった錠前って、どんなのさ」

「けっこう、入念にやったんだ」

いく分、誇らしげになった。さんざん「向いていない」とこぼしていながら、何を言っているんだとお鈴は思った。

「見せてごらんよ」

このときは幸い、雨は止んでいた。道端に寄って、見せてもらった。

「ふーん」

土蔵の錠前だというから、なかなか大振りだ。しかも頑丈な出来だった。少しばかり驚いた。

「いつの間に、こんなものが拵えられるようになったのか」

胸の内で呟いた。前に見せてもらったときは、ちゃちな造りのものだった。へらっとしていて軽っぽい者に見えていたが、気がつかない一面を見たようでどきりとした。

手先が器用なのは分かっていた。根がまじめでコツコツとやる。それが力になっているのか。

ただ素直に褒めてやることはできなかった。自分は看板描きを目指しているが、豆次郎のように確かな何かを摑んではいない気がした。

「まあ、しっかりおやりよ」

かろうじてそう言った。

そして本郷の呉服屋へ行った。

「なかなかよくできているじゃないか」

何度か開けたり閉めたりして確かめてから、対応に出た主人は言った。それで用は足せた。

錠前を届けた後、渋る豆次郎を連れて柳原通へ出た。豆次郎は、渋々といった様子でついてきた。

前に声をかけた露店や床店、振り売りなどに尋ねたが、誰も丑造には気づいていなかった。三十半ばの丑造の特徴として伝えられたのは、面長で顎に黒子のある、うらぶれた職人ふうだということだけだった。

「通りかかった人の顎なんて、いちいち気をつけて見ちゃあいないよ」

とやられた。

「いつもいる人じゃなくて、通りかかった他所の人で、見ていた人はいなかったかねえ」

豆次郎が言った。

「なるほど」

と思った。気がつかなかったことを言われた。通っただけの人で、丑造を見た人がいるかもしれない。

落としたのは、十四日の昼四つ頃だ。

「いつもその刻限に、このあたりを通る人がいないか訊いてみよう」

お鈴は豆次郎の言葉を受け入れた。そして前にも尋ねた、古着の床店の親仁に問いかけた。

「その刻限に通る人というと、豆腐屋かねえ」

通るのを待ってはいられないから、店の場所を訊いて出向いた。振り売りをしている

「たぶん」

お鈴は、豆次郎と顔を見合わせた。

「何かがあったんですね」

っているのが目に入った。

　そのときは客がいて、蕎麦の用意をしていた。客に丼を渡したところで、荷車が止ま
ないね」

「そういえば、米屋の小僧が積んだ俵の荷を直していたような。何かあったのかもしれ
　豆次郎が問いかけた。

「何か、変わったことは起こりませんでしたか」

　とはいえ、丑造らしい男のことなど、記憶になかった。

け」

「さあ、覚えていないけどね。ただあの日も、昼四つあたりには河岸の道を通ったっ
　客に声をかけられれば、そこで商いをする。

四つあたり、柳原通を流して歩くとか。

　さらに四人ほどに聞いた後で、橋袂で屋台の蕎麦を商う初老の親仁に訊いた。毎日昼
「四日も前のことだよ。そもそもあたしは、豆腐を買いそうな人の顔しか見ていない」

爺さんに当たった。丑造の歳恰好や、特徴を伝えた。

「どこの米屋ですか」

「ええと、あれは富松町の北総屋さんのだと思うが」

柳原通沿いにある町だ。北総屋へ行った。

店の前にいた小僧に、お鈴が問いかけた。小銭を握らせている。

「その日は手代さんと私の二人で、俵五つを荷車に積んで平永町の舂米屋さんのもとへ出かけたっけ」

「柳原通で立ち止まったのは」

「道に大きなへこみがあって、車輪が嵌ってしまったんですよ。なかなか抜けなくて」

「雨の後で、ぬかるんでもいたしねえ」

「ええ。そのとき通りかかった人が、荷車を押してくれました」

それでへこみから抜けることができた。そこで俵を整えて、縄をかけ直したのだ。

「押してくれたのは、どんな人でしたか」

「三十代半ばくらいの職人ふうの人でした」

どきりとした。豆次郎も、息を呑んでいる。

「その人の顔は面長で、顎に黒子がありませんでしたか」

「そういえば、ありました」

少し考えてから応じた。

「間違いないですね」

「ええ。すぐ隣で荷車を押したんですから」

一緒にいた手代にも、確かめた。

「ええ。そういう人でした」

「顔を見れば、分かりますか」

「もちろんですよ。あのときは、助かりました」

手代と小僧は言った。向こうから、手を貸そうと言ってきたとか。

「丑造というやつは、根っからの悪党でもなさそうじゃないか」

「捨五郎に、使われているのかもしれないね」

豆次郎の言葉に、お鈴が続けた。

このときお鈴は、誰かに見られている気がして振り返った。しかし不審な者の姿はなかった。

それから北総屋の店に入って、番頭に会った。明日一刻ほど手代と小僧に、天王寺へ同道してもらえないかと頼んだのである。もちろんそのときには、倉蔵の名を出した。

「それくらいのことならば」

許された。丑造は十四日には柳原通には行っていないと告げたが、これでその証言は崩れたことになる。

十

同じ頃、捨五郎ら十人の無宿者は、本郷の旗本の空き屋敷に入り込んでいた。他には丑造もいる。昨日と今日の夜は、ここで賭場を開くことになっていた。

古い屋敷で、障子や襖(ふすま)は破れて使い物にならない。雨漏りがひどい部屋もあるが、賭場に使うには支障がなかった。

捨五郎は、丑造と共に天王寺から戻って来たところだった。

「富籤はこちらにある。おたおたすることはねえんだ」

「へえ」

捨五郎の言葉に、丑造が頷いた。

「賭場の借金四両と銀二十匁は、これで返せる。謝礼の二両なんて貰っても返せないからなあ」

「まったくで」

媚びるような目を、丑造は向けてきた。

「こいつの貸金は、何をしたって払わせるつもりだったが、拾ったという富籤を持って来やがった」

捨五郎は、胸の内で呟いた。当たったら、それにさらに利息をつけて返すと丑造は告げたのである。

当たるはずがないと高を括っていたから、本当に四等の二十両が当たったと聞いたときには驚いた。丑造も、驚きと嬉しさを隠せなかったらしい。

「鴨が葱を背負ってやって来た」

と思った。丑造は、黙って賞金を受け取っていれば、借金を返すだけで済んだ。それをべらべら喋ってきた。こうなったら、返金だけでは済ませない。

「図太くやれ。おめえの後ろには、おれたちがいる。いざとなったら、小牧屋を襲って、書役たちの書状を奪ってやる」

そうなったら、常吉は何も言えなくなる。それは丑造も分かるようだ。昨日小牧屋を襲ったのも、そのためだった。

「それにしても、あの小娘は邪魔だな」

捨五郎は、配下が小牧屋を襲うところを、離れたところから見ていた。狼藉の様子を目にして、あの娘は怯まなかった。まず声を上げて、助けを求めた。落ち着いていた。

さらにそれだけではなかった。

「驚いたぜ。あのあま、柔術を使いやがった」

配下の一人が言った。捨五郎も仰天した。

書状を奪えなかったのは惜しいが、逃げたのは妥当だった。

「あの小娘に入れ知恵されたから、常吉のやつはしぶといのでしょうか」

「あいつには、返さなくてはならねえ借金があるらしいが」

丑造の問いに捨五郎は答えた。その点については、昨日のうちに配下の者に調べさせていた。

富籤の落とし主が現れるとは思っていたが、自身番に届け、書役らの署名の入った書状を用意しているとまでは考えなかった。丑造はそれで、怯んでいた。丑造には、弱気なところがあった。

「うまく二十両が取れたらば、返済分だけでなく、半分をお渡しします」

「そうかい。そりゃあ、ありがてえ」

捨五郎は言ってから、仲間の一人と目を合わせて頷き合った。

「おめえは、借金を返したら終わりだ」

と捨五郎は思っている。富籤の件がなければ、丑造などいらない男だった。受け取った賞金をすべて奪って、殺してしまえばいい者だ。

「明日も、引かないで引き延ばせ」

「そうします」

一刻半ほどした頃、捨五郎の配下の無宿者が、空き屋敷へ戻って来た。天王寺から、お鈴の後をつけさせていたのである。

「あの小娘、十四日の日の、丑造さんの動きを探っていましたぜ」

「あの場所にいたのを、見ていた者がいるんじゃねえかというわけだな」

「そういうことで」

丑造は、青ざめた顔をしている。あの場所で拾ったのは、間違いないからだ。

常吉らは、当たりが決まったその日のうちに見た者を捜したがいなかった。これは捨五郎の子分が、それとなく聞いて廻って分かった。慎重に相手の動きを探って、どう出るか決めてきた。

「しぶといな」

ほっとしていたが、また探られていると知って丑造は怯えたらしい。

「どうせ何も出なかったんだろうさ」

人は、他人の動きなど気にしていない。

「それがそうでもないようで」

配下は言った。そして丑造に顔を向けた。

「あんた、穴に嵌って動けない荷車の後ろを、押してやらなかったかね」

捨五郎は、その話は聞いていなかった。丑造に目をやった。

「手伝った。困っていたから」

声が掠れていた。富籤を拾ったのは、その直後だったとか。

「押しているときに、道端の草叢に目をやっていたので気がついたんだ」

顔を青ざめさせている。とはいえ、荷を押してやらなければ、富籤には気がつかなかった。

「その荷車を引いていた手代だが、明日天王寺へ行くらしい」

「ええっ」

丑造は、体を震わせた。

十一

次の日の五つ半(午前九時)、お鈴は松枝町の家を出た。つい半刻前まで、小雨が降っていた。いつまた降り出してくるのか分からない空模様だった。

豆次郎を誘い出そうかと考えたが、昨日に引き続き引っ張り回すのは悪い気がした。

「あいつも、仕事ができるようになってきたみたいだし」

昨日届けに行った錠前を思い出しながらお鈴は呟いた。少し寂しい気がしたが、首を振った。

「別に、あいつなんかいなくたって」

と口に出して言ってみた。

ところが少しばかり歩いたところで、声をかけられた。

「お鈴ちゃん」

豆次郎だった。

「一刻くらいだと思うからさ、付き合うよ。昨日の続きだから」

案じてくれたのだと思った。

「無理しなくたっていいのに」

本当はものすごく嬉しかったが、あえて邪険に言ってみた。

「いやあ、気になるからさあ」

困ったような顔で、へらっと笑った。頼りないやつだが、いないよりはましだ。

それから小牧屋へ寄って、常吉と合流した。自身番でもらった署名入りの書状は、いつも常吉が懐に入れている。

さらに北総屋の手代と小僧を連れ出した。

「お世話になります」

「いやいや、お役に立てるのは何より」

常吉が、手代と小僧に頭を下げた。五人で、天王寺へ向かう。空には雨雲がかかったままだが、どうにかもっていた。

「今日で話がつきます。何よりですね」

豆次郎は、やや興奮気味だ。丑造の証言が崩れるのは大きい。ただ向こうがどう出てくるか分からないので、油断はできないとお鈴は思っていた。

道の途中で、梔子のにおいを感じた。目をやると、群れて咲く中のいくつかは、枯れ始めていた。

水溜まりを避けて歩いて行く。しばらく歩いたところで、不忍池(しのばずのいけ)近くへ出た。近づいて来る足音が聞こえた。破落戸ふうの男が傍に寄ってきた。喧嘩腰(けんかごし)ではなかった。

「丑造さんが、折り入って常吉さんと話をしたいと言っているんだがね」

寺へ行く前に、収めたいという言伝(ことづて)だった。

「どうしましょうか」

「話を聞くだけ、聞いてもいいのでは」

向こうの出方が分かるかもしれないと、お鈴は感じた。

ただ常吉一人で行かせるわけにはいかないので、お鈴がついて行くことにした。不忍池の畔(ほとり)に出た。

周囲に人気はない。草木が繁(しげ)っているばかりだ。池の向こうに、料理屋や別邸らしい瀟洒な建物が建っているのが見えた。

　すると丑造が、樹木の間から出てきた。

「常吉さんが持っている、自身番からの文書を、十両で買うことにしましたよ」

　やや硬い表情で言った。昨日の要求を受け入れると告げてきたのだった。

「持ってきていますよね」

　と続けた。

「そ、そうですか」

　常吉は困惑顔だ。昨日までならばいざ知らず、今は証人がいるから、半額では不満だった。

　ここでお鈴が、口を出した。

「十両あるならば、出してごらんよ」

　周囲の草木に目をやりながらのことだ。丑造はたじろいだ。言葉が出ない。持っていない様子だった。

「ふん。初めから持っていないんじゃないか」

「いや、賞金を手にしてから渡すんだ」

「調子のいいことを」

　この場にいては、まずいと感じた。草叢に潜んでいる男たちは、二人や三人ではないと感じている。十人前後はいると察した。予想を超えた数だ。

「行こう」

常吉に声をかけてこの場を去ろうとすると、草木の陰から、捨五郎を始めとする十人ほどの破落戸ふうが出てきた。それぞれが長脇差や匕首、棍棒などを腰に差し込んでいる。

「文書を出してもらおうじゃねえか」

前に出てきた捨五郎が言った。腰の長脇差に手を添えている。昨日天王寺で会ったときとはまるで違う、凄味を利かせた声だった。

「天王寺で話せばいいことじゃないか」

お鈴も負けてはいない。こういうやつは、怖がったらつけ上がってくるだけだと分かっている。ただ十人はきつい。

争うよりも逃げる手だと思った。迷いはない。

「行くよ」

常吉に告げて足を踏み出そうとすると、男たちが立ち塞がった。動きは速かった。打ち合わせていたのだろう。

長脇差と匕首が抜かれた。刃物は合わせて六人で、あとは棍棒だ。

「やっ」

　と匕首で突きかかってきた者の腕を摑んで引き、利き足を払って投げ飛ばした。小気味よいくらいに、地べたを転がった。

泥濘だから、体は泥だらけになった。

　しかし一息つく間もなく、次の一撃が飛んできた。何しろ相手は十人ほどいた。こちらは、寸鉄も帯びていない。攻めることはできなかった。

「ひいっ」

　逃げ惑う常吉を、助けることもできない。そこへ雑木と石を手にした豆次郎が現れた。案じて様子を見に来たのだ。

　お鈴を助けようと石を投げたが、命中はせず容易く躱された。

「くたばれ」

　捨五郎の長脇差が、お鈴の肩先を狙って振り下ろされてきた。体を横に飛ばして、かろうじて一撃を凌いだ。こうなると、豆次郎は逃げることしかできない。

　逃げてほしかった。

　素手と素手ならば怖れるに足らないが、相手は長脇差だった。休む間もなく、二の太刀が喉首を目指して突き込まれてきた。

　お鈴は近くにあった樹木の陰に身を寄せて、迫ってきた刀身を避けた。相手の刀身が、木の幹に突き刺さっている。

その隙に腕を取って、投げを打つ形にもっていきたかった。しかし刀身は、幹から外された。

これでは近寄れない。慌てて身を引いた。

けれどもお鈴の動きは、防御にはなっていなかった。敵は捨五郎だけではない。斜め横から、匕首の切っ先が迫ってきていた。

体を斜めにして、迫ってきた腕を払ったが、袂を斬られた。腕の位置がもう少し低かったら、ざっくりやられていただろう。

そして捨五郎の、肘を狙った一撃が迫ってきた。お鈴は、まだ体勢を整え切れていなかった。

それでもどうにか斜め後ろに身を引いて、迫ってきた切っ先を躱した。刃先と肘の間は、一寸（約三センチメートル）の半分もなかった。

捨五郎の長脇差は、動きを止めない。角度を変えて迫ってきた。足元は泥濘で、滑りやすくなっている。

ちらと目の端に、匕首を向けてくる男の姿が見えた。

「ああ」

いよいよ追い詰められたと感じた。もうどうにもならない。さらに襲ってくる一撃があって、駄目だと覚悟を決めたとき、新たな人が駆け寄ってくる気配があった。

そして何かが飛んできた。人の腕ほどもある大きさだ。捨五郎の頬をわずかに掠って、樹木に突き刺さった。血が飛んでいる。

何かと思って目をやると、鉞だった。木の幹に、突き刺さっている。

驚いた捨五郎の動きが止まった。お鈴はその一瞬の隙を逃さず前に飛び出した。右の手首を握って引き、腰を入れて一気に投げ倒した。

さらに腕を捩じり上げると、捨五郎は呻き声を上げた。

思いがけない展開になっていた。捨五郎も驚いたらしいが、お鈴も鉞が飛んできたのには仰天した。

この場へ、お絹と手先を連れた倉蔵が現れた。鉞は、金を借りに来た者に覚悟を求めるために使われているが、自分を守るために使われたのは、初めてだった。

「ばあちゃん」

お鈴は思わず声を上げた。

幹に刺さった鉞を引き抜いたお絹は、刃先を丁寧に手拭いで拭いた。いかにも愛おしそうな顔だったが、それが済むと鬼のような面相になった。倒れている捨五郎に、目を向けた。

「うわああ」

豆次郎が声を上げていた。泥濘に転がされて、危機一髪のところで倉蔵に救われたのである。常吉も手の甲に浅い傷を負っていたが、怪我はそれだけだった。

倉蔵と手先の者たちが、一味を捕らえてゆく。倉蔵が握る十手を目にして、逃げ出す者もいた。

襲撃した者として、捨五郎を始めとした無宿者たち五人を捕らえた。あと数人は逃げてしまった。

丑造は何もできなかった。ただ呆然として争いを見ていただけだった。お鈴が、そんな丑造から当たりの富籤を取り上げた。

それからお絹に顔を向けた。

「あたしたちを、ずっとつけてくれていたんだね」

「そうだよ。あんたのすることなんて、危なっかしくて見ていられないじゃないか」

「でもそうならば、一緒にいてくれればよかったのに」

「ほんとにあんたは、頭が悪い子だねえ」

嘆かわしいといった顔になって、お絹は返してきた。

「そんなことしたら、あいつらは襲ってこないよ」

「それはそうだけど」

「襲ってきたから、罪人として捕らえられたんじゃないか」

お絹と倉蔵は、お鈴と常吉が天王寺へ行くにあたって、十中八、九、捨五郎らが襲うと踏んでいた。襲ってきてもせいぜい二、三人だろうと、お鈴のように甘く見てはいなかった。

それにしても飛んできた鉞は、捨五郎の頬を掠って木の幹に突き刺さった。見事な腕前だと感心した。金を借りに来た者に対して、脅して見せるだけではなかった。

北総屋の手代と小僧に、丑造の顔を見させた。

「この人です。荷車を押すのを手伝ってくれたのは」

二人は証言した。

十二

それからお鈴と常吉、豆次郎は、天王寺の庫裏へ出向いた。お絹は家へ戻り、倉蔵は捕らえた者たちを大番屋へ連行した。

「これでお引替えをお願いいたします」

常吉は担当の僧侶に顚末を伝えて、四等の当たり籤を差し出した。

「無事に収まったのならば何よりです」

厄介ごとが済んだという顔で、僧侶は籤を受け取った。そして寺への寄進分を引いた十八両を差し出した。受け取った常吉は、一度捧げてから懐に押し込んだ。これまでにない安堵の顔だった。

寺を出ると、その足でお絹のもとへ向かう。

途中で豆次郎と別れた。着物についた泥を、お鈴は手で丁寧に払ってやった。豆次郎も掠り傷を負った程度だった。

「あんたは、間抜けだねえ」

と口では言ったが、豆次郎に感謝はしていた。石を投げたが、お絹が鋏を投げたように、上手には投げられない。ただそれでも、逃げなかった。

「ありがとう」

と声に出して告げた。

「いやあ」

豆次郎はいつものようにへらっと笑って、頭をかいた。

「そういうところが、人に舐められるんだよ」

と言おうとして、お鈴は言葉を呑み込んだ。むしろそこが、豆次郎らしいと考えたからだ。

松枝町の家で常吉はお絹に礼を言い、賞金として寺から受け取った十八枚の小判を畳の上に並べた。お絹はその中から、十五枚を手に取った。

「確かに受け取ったよ」

これで、お絹への借金返済ができた。証文が返された。

急場を救ったのはお絹だった。

「あたしがいなければ、こうはならなかったんだからね」

言われてみれば、当然だ。お絹は残った賞金のうちの二両を取り上げた。

「はあ」

常吉は、文句を言えなかった。畳の上には、小判が一枚だけ残った。

「それで、新しい売れ筋の品を仕入れるんだね。儲かったからって、いい気になって使っちゃいけないよ」

お絹は使われた鋏を手にして言った。刃先を、指で撫(な)でた。


六日が過ぎた。じめじめとした梅雨空がまだ続いていた。昼を過ぎた頃、お絹の家へ、倉蔵が姿を見せた。

「捨五郎らの、調べが済みましたぜ」

丑造は、捨五郎の賭場で四両と少々の借金を拵えた。返せず苦慮していたところで、富籤を拾った。この段階で丑造は、捨五郎に富籤の話をしてしまっていた。

それで鴨にされたのである。

「しょせんは、小悪党だね」

お絹は、簡単に片付けた。丑造は、捨五郎に逆らうことができなかった。池の畔では、呆然として攻めることもできなかった。

「賞金を手にしたとしても、後で捨五郎に殺されていたかもしれないね」

「捨五郎は認めなかったが、そんなところだろうな」

お絹の言葉を受けて、倉蔵は言った。捨五郎ら無宿者たちは遠島、丑造はやらされていただけなので百叩き程度になるとのことだった。


そして五日後、牢屋敷の表門前で、百叩きの刑が執行されることになった。すでに梅雨は明けて、炎天の日差しが門前を照らしている。蟬の音が聞こえた。

執行は男女の別なく、公衆の面前で行われる。見せしめの意味があった。

お鈴はお絹と倉蔵、豆次郎と共に、その場に出向いた。併せて刑を受ける罪人の親族や野次馬が集まっていた。

牢屋奉行や町奉行所の検視の与力、同心も立ち合う。

怯え項垂れた丑造が、牢屋同心に伴われて姿を見せた。三人いる罪人のうちの、最初の執行だった。

粗筵三枚が敷かれた上に、うつ伏せになって寝かされた。四人の牢屋下男が、罪人が動けぬように手足に乗りかかった。

打ち役と数え役の同心が前に出た。打ち役は、箒尻（ほうきじり）と呼ばれる打ち道具を手にしている。

倉蔵によると、箒尻は、長さ一尺九寸（約六十センチメートル）、回り三寸（約九センチメートル）ほどの竹を二つに割り合わせて苧殻（おがら）で包み、その回りを紙こよりで巻き固めたものだそうな。

「一打でも、身に染みるらしいぞ」

聞いてお鈴は、ぞっとした。

「ひとおっつ」

打ち方が始まった。肉を打つ音と、呻き声があたりに響いた。打ち役は、肩から臀（しり）にかけて、背筋を避けて力いっぱいに打っていた。

「ふたあっつ」

凄惨（せいさん）な場面を目にして、軽い気持ちで覗いていた野次馬は立ち去っていった。

お絹は、身じろぎもしないで見詰めていた。打たれる丑造に、同情はしていなかった。

お鈴は逃げ出したい気持ちを抑えながら、最後まで見詰めた。

途中で罪人が気絶すると、水がかけられた。

百の叩きが済むと、傷だらけの体が門前に捨て置かれる。自力では立ち上がれない。

「運ぶよ」

お絹の命で、お鈴や豆次郎は用意していた戸板に丑造を乗せた。長屋まで運んだのである。長屋には医者が待っていて、手当をおこなった。

しばらくして、丑造は意識を取り戻した。

「あんたが、遠島にならずに済んだのは、あたしらが、いいように使われていただけだと証言してやったからだ。分かっているかい」

「へ、へい。そういうことで」

丑造は、やっとのことで答えた。

お絹は丑造に、その手間賃銀三十匁を要求した。医者の治療代は別だ。

「あんた捨五郎が捕らえられて、賭場の借金がなくなったんだろ。安いもんじゃないか」

お絹は顔色も変えずに言った。

第三話 昔の悪い仲間

一

六月下旬の炎天が、大川の川面を照らしている。輝きを割って、大小の荷船が行き来していた。

降るような蟬の音が、あちらこちらから聞こえてくる。日陰にいないと、刺すような日差しが体に当たる。川風が吹いても、むっとするような熱をはらんでいた。

拭っても拭っても、汗が噴き出してくる。

倉蔵は北町奉行所の定町廻り同心須黒伊佐兵衛と共に、永代橋下にある御船手組の船着場の端に立っていた。江戸の海に目を向けている。じっと見ていると眩しいが、きらめく光の向こうに、佃島や白い帆船の姿が小さく見えた。

河岸の道にも、十四、五人が、炎天の中で立っている。皆、倉蔵と同じように、海の彼方に目をやっていた。

「そろそろ着くよ」

「無事に帰って来てくれるのは、何よりも嬉しいよ」

老夫婦が話している。子どもを連れた中年の女房ふうの姿もあった。

「おお来たぞ」

初老の男が、声を上げた。一同が海の彼方に目をやった。

眩しい海の輝きの中に、近づいて来る一艘の船があった。荷船ではなく、人を乗せている。

流人船だ。八丈島を始めとする伊豆の島々に流されていた罪人を乗せた、赦免の船である。十七名が、晴れて江戸の地を踏むために倉蔵のいる船着場へ戻って来た。六月二十日の昼下がりだ。

「ああ、ああ」

船を見ただけで、泣き声を上げた婆さんがいた。河岸の道に集まっているのは、赦免になる者を迎えに来た知人や縁者たちだ。公には知らされないが、町奉行所に伝手のある者は知ることができた。

倉蔵も半月ほど前に、須黒から伝えられた。

「いよいよ、あいつが戻って来るぜ」

役目には投げやりな態度が多い須黒だが、真顔になって言った。

「そうですかい」

いつかは、こういうことがあるのではないかと思っていた。恩赦があると聞いたとき、最初に浮かんだのが、あいつの端整な顔だった。

赦免になる流人の名簿の中に、元錺職人の鮫次の名があった。体の中に、鉛を呑み込んだ気持ちになった。

船が船着場に着いた。流人船は伊豆の七島を巡るので、荒波を越えられなくてはならない。だから五百石積みの大きさになっていた。

船から艫綱が掛けられたときには、北町奉行所から出向いてきた検めの与力と同心が、姿を見せていた。倉蔵は須黒から手札を受けた岡っ引きだが、流人船の到着には何の関わりもなかった。須黒の口利きがあって、この場にいた。

同心が声をかけると、流人の輸送に当たった御船手番所の同心がまず降りてきた。待機していた与力と何か話すと、御船手番所同心は、まだ船中にいる下役に手を振った。それで下役は、船牢の錠前を開けた。

声をかけると、流人が一人ずつ外へ出てきた。船に乗っていた者はすべて日焼けしていて、顔も体も赤銅色になっている。炎天の日差しの強さを気にする者は、一人もいなかった。

降りてくる流人たちの顔を、倉蔵は一人一人検めた。誰もが蓬髪で、ぼろ雑巾のようなものを身に纏っている。十一人目に降りてきた長身の男を目にしたところで、須黒が小さな声を漏らした。

「あいつだな」

「へえ」

歳は五十一歳で、白が交じった蓬髪が風になびいている。だいぶ瘦せて皺も増えていたが、端整だった面影はまだ残っていた。

倉蔵は、降りてくる姿を目で追った。足腰はしっかりしている。島で鍛えられたということか。

鮫次は今から十三年前に押込みを働こうとして、須黒に捕らえられた。人も殺さず未遂に終わったので、遠島の刑となった。その捕縛に当たって、大きな役割を果たしたのが倉蔵だった。

船から降りた流人たちは、船着場に並んで座らされてゆく。十七人すべてが、船から降りた。

町奉行所の与力と同心が、流人たちの前に立った。同心が綴りに目をやりながら、一人ずつ名を呼んでゆく。流人は返事をして頭を下げた。最後の確認だ。

それが済むと、与力が声を上げた。

「放免は、お上の御慈悲である。それを忘れてはならぬ」

型通りの言葉を告げた。それで儀式は終わった。あとはそれぞれ勝手ということになる。

「和助」

そう名を呼びながら、船着場へ老婆が駆け降りてきた。よろよろしていて、今にも転びそうだった。

「おっかさん」

中年男が歩み寄り、老婆と抱き合って泣いた。

他の出迎えの者も、船着場へ降りてくる。十歳くらいの子どもも交じっていた。無事を喜び合った。

とはいえ、出迎えのない者の方が多かった。鮫次もその一人だった。

鮫次はちらと、倉蔵へ顔を向けた。倉蔵がそこにいることには、気づいていたようだ。目が合った。激しい憎悪の眼差しがあって、すぐに背けられた。

「やはり忘れていないな」

倉蔵は胸の内で呟いた。

それぞれ船着場から立ち去ってゆくが、鮫次は一人ではなかった。流人の一人が歩み寄って声をかけた。歳の頃は四十前後で、四角張った顔の真ん中で低い鼻が上を向いている。ずんぐりした体つきだ。

「あいつは、稲七(いなしち)という者だ。十一年前に、八丈島へ流された者でな」

「同じ島で、知り合いだったわけですね」

稲七にも、迎えに来た者はいなかった。

「まあつるんで暮らしていたわけだな。他にも仲間がいたらしいが、出られたのはあの二人だけだった」

「あいつら、何かやらかすかもしれませんね」

倉蔵は言ったが、どちらも今は赦された者たちである。これからは、どこへ行こうと勝手だった。

鮫次と稲七は、振り向くこともないまま船着場から河岸の道へ出て、眩しい日差しの中を歩き去っていった。


三日後の朝、倉蔵は須黒から、京橋金六町の呉服屋蛭子屋へ来るようにと知らせを受けた。この日も炎天の日差しが道を照らしていた。

昨夜、二人組の盗賊による押込みがあったというのである。縄張り内のことではない。それを聞いた倉蔵は、女房おトヨと顔を見合わせた。

心の臓が、どきりとしていた。忘れることのない屋号だ。

「留守は気をつけろ」

そう言い残して田楽のうさぎ屋を出た。

「あいつら、やりやがったな」

歩きながら呟いた。暑さは感じなかった。ただ道がやけに眩しく感じた。蟬の声がやかましい。

蛭子屋へ着くと、すでに須黒はいた。土地の岡っ引きも姿を見せていた。須黒から事情を大まかに聞いた。夜半押込みがあり、主人藤兵衛を長脇差で殺害し、十二両を奪ったという。

生き残った跡取りから、さらに詳細を聞いた。

まず賊は、長脇差で藤兵衛を脅して金を出させた。藤兵衛は逆らわず、銭箱にあった金子を差し出した。それで立ち去るかと思われたが、そうではなかった。金子を懐へ押し込んだ後で、長脇差で藤兵衛を刺し殺した。

「だ、誰も、声を出せませんでした。身動きもできなかった」

「賊の顔は」

「顔に布を巻いていましたので」

長身と、ずんぐりとした体軀の者だったという。

「殺さなくても、逃げられたと思いますが」

見ていた者は、そう告げた。

「初めから、殺すつもりだったのだな」

倉蔵は言った。遺体はすでに棺桶に納められていたが、濃い血のにおいはまだ部屋に残っていた。

遺体に線香をあげ、両手を合わせた。

金を奪った二人の賊は、汐留川に舫ってあった舟に乗り込んで、闇の川面を東へ漕ぎ出していったとか。店の手代が、その様子を見ていた。

土地の岡っ引きは、逃走先を探っているが分からない。

「あいつらの仕業じゃねえか」

「へい。そうだと思います」

「恨みを、晴らそうとしているわけだな」

普段はやる気のない須黒だが、今日は険しい面持ちだった。蛭子屋こそが、鮫次が流罪になった原因の場所だったからだ。

十三年前、鮫次は蛭子屋を襲おうと企てたが、押込んだところで須黒を始めとする捕り方に囲まれた。押込んだのは三人で、鮫次は捕らえられた。もう一人は、捕り方に歯向かって殺された。

そして押込んだもう一人が、倉蔵だった。

倉蔵も仲間の一人だったが、押込みのすべてを事前に須黒へ伝えていた。それがなければ、ことはうまくいっていたかもしれない。昨夜殺された藤兵衛も、捕縛に力を貸していた。

鮫次にしてみれば、倉蔵は裏切り者だ。

二

その翌々日、看板描きの仕事を終えたお鈴は、家近くの神田小泉町まで帰ってきて、後ろを振り向いた。誰かに、つけられているような気がしたのである。

空には層を重ねた白い雲が、覆い被(かぶ)さるように聳(そび)えている。蟬の音は、片時も途切れない。いつもどこかから聞こえてきた。

注意深く背後に目をやった。しかし不審な者の姿はなかった。

ただそれでも、気にはなった。看板の絵を描いているときにも、人に見られている気がした。

とはいえそれは、看板の絵を面白がって見ている者だと感じた。それならば、何の問題もない。

けれども今歩いていて、誰かに見られている感じは普通ではない。

「何だろう」

気味が悪かった。朝出かけるときも感じた。立ち止まっていると、斜め向かいの錠前職親方甚五郎の家から、豆次郎が飛び出してきた。

悲痛な面持ちだった。目に涙をためている。情けない顔だった。

「いったいどうしたのさ」

尋ねてやる。どじで意気地なしの豆次郎だから、何かしくじりをして叱られたのだとは察した。

「もうおいらは、こんなところにはいられない」

時折漏らす愚痴よりも、今日はだいぶ強い口調になっていた。口を開くたびに唾が飛ぶ。それを避けて斜め前に立った。

話を聞こうと思うが、何を言っているのかよく分からない。

「まあ、ちょっと落ち着いて」

うさぎ屋へ連れてゆく。まだ開店前だったが、大叔母のおトヨが店にいたので入れてもらった。豆腐田楽を焼いてくれて、豆次郎に食べさせる。茶を飲ませた。

それから事情を訊いた。

「親方が、ものすごく面倒な仕事を押しつけてきたんだ」

洟を啜りながら言った。

「それはあんたの腕を見込んでいるからじゃあないの」

と慰めた。まんざらお世辞で口にしたのではなかった。先日は、なかなか重厚な土蔵の錠前を拵えていた。

「そうじゃあないよ。できっこない仕事だよ。それを押しつけてきたんだ」

「それで」

親方の甚五郎は、まるで歯が立たないことは命じないのではないかと考えたからだ。

「うまくいかなかった。そしたらものすごく怒って」

それが理不尽だと、怒っているのだった。口には出さないが、うまくできなかった自分が、歯痒いのかもしれない。

「これまでよりも難しいことをやるとなれば、初めは誰だってしくじるよ」

少し慰めてやる。

「そうだよ。それが親方には分からないんだ。きついことしか口にしない」

もう家には戻らないと言い出した。

「さあ。お食べよ」

お鈴の分の田楽も食べさせた。豆次郎の唇の端に、田楽の味噌がついていた。

「でもさあ、親方は、あんたの腕を見込んでいる。だから厳しいことを言うんじゃないのかい」

お鈴は言ってから、お絹の自分への言葉の数々を思い出した。ほとんどぼろくそだ。聞いているときは逆らえなくても、思い出すと腹が立つ。

けれども先月は、悪党に追い詰められたときに、大事にしている鉞を投げて自分を守ってくれた。鋲は、貸金相手に示すだけのものだと考えていたが違ったようだ。

　お絹と親方甚五郎は似ている。

「そんなことじゃないよ。親方は、おいらをいじめているんだ。思い通りの仕事ができないから気に入らないんだ」

　お鈴は、それを聞いて「へえ」と思った。錠前職人に向いていないから、嫌だと言っているだけだと受け取っていた。

「親方が満足するような仕事を、したいのかい」

「そりゃあしたいさ。見返してやりたい」

「じゃあ。何を言われたって、歯を食いしばってやればいいじゃないか」

「そんなこと言ったって、おいらは」

「精いっぱいやっているって言うのかい」

　強い口調になった。

「そ、そうだよ」

　豆次郎の言葉から、少し勢いが薄れた。

「じゃあ、もう少し続けなよ」

「だって」

「甚五郎親方のところを出て、あんた、行くところがあるのかい」

「それは」

「出て、何をするんだい。錠前造り以外に、何ができるんだい」

お鈴がそう言うと、豆次郎は項垂れて洟を啜った。何か返そうとしたが、言葉にならなかった。

「お帰りよ、今日は」

ここは優しく言った。腕を取って立ち上がらせた。

豆次郎は、逆らわなかった。二人でうさぎ屋を出た。するとそのとき、また誰かに見張られているような気がした。改めて周囲を見回すが、変わったことは窺えない。

豆次郎を、家まで送った。


家に帰ると倉蔵が来ていて、お絹と何か話していた。いつもより、込み入った話だと感じた。どちらにも緊張した気配があった。かなり声を落としていた。

お鈴にも聞かせたくない話らしかった。

話が済んだところで、お鈴は部屋へ入った。そこで二人に、今日、何者かに見張られているような気がしたことを伝えた。

「ほう」

話を聞いたお絹と倉蔵は、顔を見合わせた。お絹も倉蔵も改めて何かは言わないが、見合わせた目には、大事なことが潜んでいる気がした。

勘のようなものだ。

「案じることもないだろうが、あんたは薄暗くなってからの一人歩き、昼間でも人気のない道を一人で歩くのは気をつけるんだよ」

お絹から、真顔で告げられた。こういうことは、初めてだ。

「どうしてさ」

いきなり言われても、納得がいかない。わけを知りたかった。

「いいんだよ、あんたは言うことを聞けば」

取り付く島もなかった。

「おかしいな」

とは感じた。ただお絹がそこまで言うのならば、とりあえずは聞いておこうとお鈴は思った。

それよりも、豆次郎のことの方がよほど気になった。

いつまでも不貞腐れていないで、またやり始めればいい。諦めた相手には、叱る気持ちにもならないだろう。

三

次の日、お鈴はうさぎ屋へ行って、おトヨに昨日の礼を言った。

「豆次郎さんの気持ちは、収まったのかい」

「まあ、よくあることだから」

泣き言を口にするのは、珍しいことではない。いちいち気にしてはいられない。

この日は柔術の稽古がある日だったが、なしにしてほしいと言われた。

「どうも、忙しいらしくてね」

おトヨが言った。昨夜のお絹と倉蔵の様子もあるので、「忙しい」が気になった。

「じいちゃんは、どこへ行ったの」

「お調べでね。京橋の方」

おトヨの口ぶりや表情に、浮かないものを感じた。また京橋の方というのも、腑に落ちない。岡っ引きとしての縄張りとは、関係がない。

「京橋で、何かあったの」

昨日のお絹と倉蔵のやり取りの様子を思い出した。

「金六町の呉服屋へ、二十二日の夜に押込みがあったんだよ」

大雑把な事件の概要を聞いた。

「でも、ずいぶん遠いじゃないのさ」

縄張りの仕事ではない。

「須黒様のご依頼だからね」

手札を受けている須黒の町廻り区域の出来事ならば、助勢を頼まれれば断れない。

「ふうん」

須黒は五十五歳だ。隠居をしたいのだが、四人いた子どものうち三人を流行病や火事で亡くし、末子の十三歳の跡取りになる男児だけが残されていた。その歳ではまだお役に就けないので、定町廻り同心を続けていた。

袖の下は受け取るが、捕物に関するやる気はほとんどない。面倒なことは大嫌いで、おりおり倉蔵に押しつけた。倉蔵はかつて横道にそれていたことがあって、まっとうな道を歩むようになるにあたっては、須黒の世話になった。

だから頭が上がらないところがあると聞いていた。

昨夜倉蔵は、いつもとは異なる顔つきでお絹と話をしていた。お絹も軽く聞き流してはいなかった。

京橋の事件と昨日の二人のやり取りが、お鈴には繋がりがあるように感じられたのである。

何よりも気になるのは、お絹から人気のないところでは一人歩きに気をつけろと告げられたことだ。その話は、誰かにつけられていると感じたことから始まった。

「金六町の呉服屋」の件と「一人歩きに気をつける」件が、繋がるのかどうかおトヨに尋ねた。

「そうだねえ」

否定するかと思ったが、おトヨは困惑の表情を見せた。

「その呉服屋は蛭子屋っていうんだけど、ずうっと昔に、何か因縁があったらしい」

と続けた。

「どんな因縁なの」

「あの人、詳しいことは言わない」

どこか寂しそうな口ぶりだった。

「じゃあ、ばあちゃんは知っているね」

「たぶん。でも、言わないかもしれない」

それはそうだと思った。

お鈴は、金六町の蛭子屋へ行ってみた。日差しが強いので、日陰を選んで歩いた。どこへ行っても、蟬の鳴き声が聞こえる。

蛭子屋は、間口五間（約九メートル）のそれなりの店だったが、もっと大店老舗とおぼしい店は町内にいくつかあった。藍染の日除け暖簾（ひよけのれん）が眩しい。店の前で、小僧が水をまいていた。

賊に押しこまれ、主人が殺された。災難にあったわけだが、近所の者に訊くとそろそろ商いを始めるということだった。

店の中を覗くと、番頭ふうと話す倉蔵の姿が見えた。

お鈴はそのまま店の前を通り過ぎ、木戸番小屋の初老の番人に問いかけた。

「蛭子屋の旦那さんは、残念だった。金を奪った上に殺すなんて、酷いやつだよ」

「恨まれるようなことが、あったんですかね」

「あの人は、面倒見の良い人でね。恨まれることなんて、ないと思うけど」

「ずいぶん昔に、蛭子屋さんに何かあったって聞きましたけど」

そう話すと、番人は少し考えるふうを見せてから、「ああ」と一人で頷いた。

「何があったんですか」

「蛭子屋さんは、ずいぶん前にも賊に襲われかけたことがあった」

「金品を取られたり、誰かが傷つけられたりしたのですか」

「それはなかったと思うが」

「じゃあ、賊は捕らえられたわけですね」

それならば、めでたしめでたしの話ではないか。念のため、そのときの模様を訊いた。

「捕り方は、どうやら事前に押込みがあることを知っていたらしい」

「押込むのを、待ち構えていたっていうわけですか」

「そうらしい」

とはいえこれは、番人が耳にした噂話だ。

「待ち構えていたって、よくそんなことができましたね」

盗賊の動きを事前に察知するのは、よほどのことだ。

「押込んだのは三人だったが、そのうちの一人は、同心の須黒様に内通していたらしい」

それならば、待ち伏せもできただろうと思われた。

「ずいぶん昔って、いつの話ですか」

具体的なことを訊いてみた。

「そうだねえ。かれこれ十二、三年前になるかねえ」

指を折って数えた。

なるほど、言葉通りずいぶん昔の話だと思った。お鈴がお絹に引き取られる前の話だ。

そんな昔の出来事が、どうして蒸し返されるのか、お鈴には呑みこめなかった。

四

　木戸番小屋の番人から話を聞いた後、町の古着屋の女房と荒物屋の手代に話を聞いた。同じような返答だった。手代は、蛭子屋が前に襲われたことは知らなかった。

　お鈴はもう一度蛭子屋の店の前に行ってみた。店の中には客がいて、倉蔵の姿はもう見えなかった。

　小僧が、また店の前で水をまいている。日差しが強いから、水をまいてもすぐに乾いてしまうようだ。

　蛭子屋は十二、三年前に、一度賊に襲われかけた。そのときは捕り方がいて事なきを得たが、今回は大きな惨事となってしまった。

「よっぽど巡り合わせが悪いのかねえ」

　お鈴は呟いた。引き上げようとしたところで、横からいきなり男が現れた。

「どうしたんだ。こんなところで」

　倉蔵だった。

「ちょっと、蛭子屋のことが気になって」

　どうしようかと迷ったが、さらに続けた。胸の内に、もやもやした疑問がある。

「ここはじいちゃんとは、因縁があるって聞いたから」

「誰に聞いたんだ」

少し怒った顔になった。それでおトヨが口にした「因縁」の中身が訊きにくくなった。

「大おばさん」

「おトヨか。他に何か言ったか」

「ううん。何も」

怒ったように見えた顔は収まったが、考えごとをしているように感じた。様子を見ていると倉蔵が口を開いた。

「ここが襲われた前々日と前日のことだが、千住街道と中山道で旅人が襲われた。路銀と腰に差していた長脇差を奪われた」

「怖いね」

「襲ったのは、どちらも二人組だったそうな。同じやつらの仕業だろう」

同心の須黒から聞いたのだとか。

「どうして同じやつが襲ったって分かるの」

「襲われた者は、どちらも相手の顔を見ていた」

賊の一人は五十をいくつか過ぎた年頃で、もう一人は四十歳前後だった。二人とも日焼けをしていて、荒んだ気配を醸していた。年嵩の方は目鼻立ちが整っていて、若い頃は男前だったと思われる。四十前後の方は、四角張った顔の真ん中にある低い鼻が上を向いていたそうな。

「ならば、間違いないね」

「まあな。そこで奪った長脇差が、ここでの押込みに使われたと見ている」

「押込んだやつらは、それまで銭も刃物も持っていなかったのかね」

「そうなるな」

「ふーん」

そこでまた気になった。長脇差と銭を手に入れた二人が、蛭子屋へ押込んだことになる。

「でもどうして、その二人が蛭子屋を襲ったと考えたの」

「それは」

困惑の顔になった。お鈴はここで、ひらめくものがあった。

「そうか。じいちゃんは、二人の顔か、どちらかの顔に覚えがあるんだね」

岡っ引きを長くやっていれば、いろいろな悪党の顔を見てきたことだろう。

「…………」

倉蔵は、驚きの目を向けた。

「図星だね」

「そうだが、どうしてそう考えたんだ」

まだ納得がいかないらしい。額に浮いた汗を、手の甲で拭った。

「だってさ、蛭子屋が襲われることになったのは、二度目なんでしょ」

「よく知っているな」

「ここへ来る前に、木戸番小屋の番人に聞いたんだ」

「なるほど」

「一回目のときは、賊は捕らえられた。捕らえたのが須黒様ならば、じいちゃんだって捕り方に加わっていたかもしれないじゃないか。それならば、顔を見ている」

「まあ、そうだな」

苦笑いをした。否定はしていない。知っているのは、五十過ぎの方だと話してくれた。

「じゃあ、四角い顔のもう一人は、知らないんだね」

「そうなるな」

ここで新たな疑問が湧いてきた。

「最初に襲った賊が、また蛭子屋を襲ったのは、なぜだろう」

前に捕らえられた場所は、縁起が悪いとは考えないのか。

「建物の中を、知っているということはあるだろう」

十数年、建て替えはされていないとか。

「それはそうだけど、おかしなことが他にもあるよ」

「言ってみろ」

お鈴が問いかけることで、倉蔵もこの事件について、何か考えている様子だった。

「だっておかしいじゃないか。その五十過ぎのやつは、捕らえられたんでしょ。前の押込みで」

「そうだ」

「押込みは重い罪なのに、どうして町にいるんだい」

未遂だから、死罪にはならなかったかもしれない。そうだとしても遠島あたりには、なっているはずだった。

「お鈴は、よく気がつくな」

褒められたらしかった。

倉蔵はお絹とは違って、柔術の稽古でもよくできたときは褒めてくれた。そのまま言葉を続けた。

「二十日に、流人の御赦免船が江戸に着いた」

恩赦となった流人十七名が、島から戻されたというのである。お鈴はその話を知らなかった。高札（こうさつ）は出るが、多くの町の者はよく読みもしない。

「じゃあ、その二人は」

「そうだ。江戸に着いたばかりだ」

年嵩が鮫次で、四角い顔の方が稲七という者だと教えられた。

これで島帰りの二人が、長脇差と路銀を奪った理由が分かった。流人船から降りたばかりでは、得物も銭もなかった。

調達したのだ。身に着けているものも、変えたに違いない。月代を剃って髷をきちんと結えば、島帰りには見えなくなる。

「そうなると蛭子屋を襲ったのは、建物を知っているからだけじゃないね」

「まあそうだ」

倉蔵は認めた。

「蛭子屋の主人藤兵衛は、やつらを捕らえるのに、力を貸していた」

「鮫次っていうやつにしたら、恨みがあったわけだね」

「そういうことだ」

「稲七っていうのは」

「そいつは前の襲撃には関わりないが、八丈島で共に生き延びてきた仲間だった」

八丈島での暮らしは過酷で、数年で命を失う者も少なくないと聞いたことがあった。

「一緒に戻った江戸で、悪さをして稼ごうっていうわけか」

倉蔵にしても同心の須黒にしても、押込みは鮫次と稲七だと踏んで、調べを始めているとか。

「おれもこれから、稲七の昔を当たる。縁のある場所へ、顔を出しているかもしれねえからな」

須黒は、鮫次を当たっているそうな。

「でもそうしたら、鮫次は、じいちゃんや須黒様のことだって恨んでいるだろうね」

「そうだろう」

「じゃあ、じいちゃん。気をつけなくちゃあいけないよ」

お鈴は言った。お鈴にとって倉蔵は、大事にしてくれ可愛がってくれる掛け替えのない大叔父だ。

「ああ。そうしよう。お鈴もな」

「あたしもかい」

これは腑に落ちない。

「坊主憎けりゃ袈裟(けさ)まで憎いというからな」

「なるほど」

お絹が、暗くなってからや、人気のない道の一人歩きには気をつけろと告げた意味も、これで分かった。お絹も自分の身を案じてくれたのだと、お鈴は察した。

五

お鈴は京橋から、松枝町の家に帰ることにする。まだ日は高いし、人通りは多いから、襲われる不安はない。いざとなれば、柔術で戦う。

逃げるくらいはできるだろう。

ただ島帰りの鮫次が、倉蔵に恨みを持つのは、ずいぶんと執念深いぞと思った。

倉蔵は、捕り方の一人でしかない。それを恨むならば、他にももっと恨むべき者がいるのではないかという気がした。

お鈴は家に帰る前に、小泉町の錠前職親方甚五郎の家まで行った。昨日叱られた豆次郎は、拗ねて「家には戻らない」とまで言っていた。慰め尻を押すようにして家へ帰らせたが、その後どうなったか気になった。

垣根をこじ開けて、中の様子を窺った。庭には槿が桃色の花を咲かせている。そこからならば、仕事場の様子が見えた。

「ああ、よかった」

お鈴は、小さく声に出した。豆次郎は、仕事をしている。しばらく眺めていると、お鈴に気がついたらしかった。手を止めて、外へ出てきた。

「続ける気になったんだね」

明るい口調になったのが、自分でも分かった。

「まあ」

まだどこか不貞腐れている気配があった。

「勝手に抜け出したから、また叱られたんじゃないかい」

「いや、親方は知らんぷりしていた」

「それはまた叱ったら、あんたは泣き出してしまうと思ったからだよ」

つい憎まれ口になった。豆次郎は、恨めしそうな目を向けた。

「親方は、あんたの腕を買っている。出て行かれたら困ると思ったからじゃないかい」

と言い直した。本当に出て行かれたら、お鈴も困る。からかう相手がいなくなるのは寂しい。

「しっかりおしよ。あんたはじきに、一人前の錠前職人になるんだから」

先日見た錠前を思い出して、お鈴は口にした。自分も早く一人前になりたいと思っているが、なかなかなれない。挫けなければ、豆次郎の方が早いのではないかという気がしていた。

「じゃあ」

それで豆次郎とは別れた。

松枝町に入った。西日が通りを照らしている。まだまだ暑い。どこへ行っても、蟬の音が聞こえる。

「おや」

家が見えたところで、その近くで破落戸ふうが数人たむろしているのに気がついた。家を見張っていたようにも見えた。

男たちも、近づいて行くお鈴に気がついたらしかった。通りには、人がいない。男たちはゆっくりと近寄ってきた。そしてお鈴を取り囲むように立った。五人いた。

「姉ちゃん。おれたちと遊ばねえか」

「そうだ。楽しませてやるぜ」

ひっひと、卑し気な笑い声を上げた者もいた。小娘だと、舐めているらしい。汗と埃の混じった体臭が、鼻を衝いてきた。

「ふん」

すり抜けていこうとしたが、男の一人が手首を摑んだ。体の大きいやつで、膂力(りょりょく)があった。振りほどこうとしたが、外れなかった。

獲物を狙う獣のような目が、薄気味悪い。悪意を持って絡んできていた。

「仕方がない」

お鈴は腹を決めた。手首を摑まれたまま、体を前に突き出して相手にぶつけた。向こうはこちらが引くと考えていたらしいが逆だったので、驚いた様子だった。

体が揺れた。お鈴はさらに肩で押す。相手はこちらの手首を摑んでいるので、動きが鈍くなっていた。相手の重心が踵へいっている。

「やあっ」

ここでその足を払った。大きな体が、一瞬で地べたに倒れ込んだ。摑まれた手も離れていた。

「おおっ」

見ていた男たちが、驚きの声を上げた。お鈴は身構えた。相手はまだ四人いるが、怖れてはいない。こちらを舐めていた連中だ。

「このあま」

男たちも身構えた。もう舐めてはいない。

一人が、二の腕を摑もうと手を伸ばしてきた。お鈴は前に出てくる体の斜め後ろに回り込むようにしながら、その手首を摑んで引いた。

相手の体がぐらついた。迫ってくる向こうの力を利用したのだ。足を掛けたが、相手は無理な動きをしないで堪えた。そこで腰を入れて投げようとした。普通ならば、これで決まる。

だがここで、取り囲んでいた男の一人が、お鈴の後ろ襟を摑んだ。こうなると、投げるどころではない。お鈴の体がぐらついた。

かろうじて踏ん張った。喉首を右手で力の限り捩(ひね)ってやった。

「ううっ」

襟を掴んだ手が離れた。この隙に左手で掴んでいた男の袖を引いて、足を掛けようとした。

「相手が何人いても、負けるものか」

と意気込んでいる。

けれどもここで、近所の者たちが気配に気づいて出てきた。

「何事だ。娘一人を男たちが」

怒りの声を上げた。

「くそっ」

それで破落戸たちは、この場から逃げ出した。お鈴に倒された男も、起き上がって仲間を追いかけた。

「大丈夫か。怪我はないか」

「うん。ありがとう」

「あいつら、お絹さんの家を見張っていたみたいだよ」

そう口にした女房がいた。現れた五人の顔を思い起こした。はっきりとは思い出せないが、倉蔵から聞いた鮫次と稲七はいなかったように思えた。皆、二十前後に見えた。

六

家に帰りついたお鈴は、お絹に、おトヨや倉蔵から聞いた話と、たった今家を見張っていたらしい五人の男に襲われた話をした。

「だから気をつけろって、言っただろう」

「うん」

いくら柔術でも、複数の相手に同時にかかられては厳しい。

「怪我もしないで済んで、よかったじゃないか」

「それはそうだけど」

「舐めたらいけないよ。五人が刃物を持って襲ってきたらどうするんだい。同じようなわけにはいかないよ」

「まあ」

「小娘だからって、向こうが油断をしたから助かっただけじゃないのかい」

とやられた。それからため息を一つ吐いて言った。

「それにしてもおトヨと倉蔵は、島帰りの鮫次の話をしてしまったんだね」

「あたしが訊いたんだけど」

おトヨと倉蔵が叱られるのは申し訳ない。

「あんたは、知らなくてもいいと思ったんだけど」

お絹は、腹を立てている様子ではなかった。

「どうしてさ」

「あんたは、まだ子どもだから」

それを聞いて、むらむらと怒りが湧いた。子ども扱いや半人前扱いをされるのは、何よりも腹立たしいお鈴だ。

「あたしだって、じいちゃんに何かあったら、捨ててはおけないよ」

いつまでも半人前扱いをするなと思った。その怒りが、言葉になった。こんなふうに、お絹に言い返したのは、初めてだった。

「そうかい」

一呼吸する間くらい、こちらを見詰めてからお絹は言った。こういう場合、何倍にもなって激しく言われるのが常だったが、それはなかった。

口には出さないが、その態度にお鈴は魂消(たまげ)た。

お絹は、何事もなかったように話題を変えた。

「あんたを襲ったのは、島帰りのやつの仕業だろうね」

これも、そのままにはしておけないことだった。お鈴も、気持ちを切り替えた。

「一人一人の顔をちゃんと見たわけじゃないけど、話に聞いていた鮫次や稲七らしいやつは、いなかった気がする」

「破落戸を雇ったんだろ。銭さえ手に入るならば何だってするやつは、どこにでもいるからね」

「家を見張っていたのかしら」

「そうだろうさ。前にもあたしらのことを、聞き込んだやつがいるらしい」

これはお絹が、町の者から聞いたことだ。

「女二人だけの暮らしだと、高を括ったのかもしれないが」

と続けた。

「そうはいかないよ。銊と柔術だからね」

お鈴が返した。

「舐めたらいけないよ」

お絹はふふと不敵に笑ってから、また同じことを口にした。これも本心だと感じた。お絹は傲慢に見えるが、実は細心だ。

お鈴は倉蔵と話をしていたときから疑問に思っていたことを、お絹にぶつけてみる。

「鮫次が蛭子屋へ押込んだのは、そこで捕らえられた恨みからだというのは分かるけどさ」

何しろそれで、鳥も通わぬ八丈島で十三年も過ごす羽目になった。憎しみも大きいだろう。

「でもね、捕らえたのはじいちゃんだけじゃない。須黒様はもちろん、他にもいたはずだよ。それがどうして、うちを探られたり、あたしが襲われたりしなくちゃならないんだい」

まだ裏に何かある。お鈴はそう思うのだ。

「そうだねえ。あんたも、そろそろ知ってもいいかもしれないねえ」

お絹は言った。

「そうだよ、いつまでも半人前じゃあないんだ」

思い切ってそう返したが、お絹は笑って聞き流した。ただそれで終わりにはしなかった。

「あたしと倉蔵が、孤児だったたっていうのは知っているね」

「それは」

父親が母親と姉弟を捨てた。母が稼ぎに出、お絹が幼い倉蔵の世話をした。そして次は、母が二人の子を残して出奔した。

その事情は知るよしもないが、孤児になったのは間違いない。別々に親戚や縁者を盥回しにされたことは予想がつく。そして奉公に出された。

お絹は子守り奉公で、倉蔵は板前奉公だった。

「でもあいつは、歳上のやつらにいじめられて、腹に据えかねて殴っちまった。そんなことをしたら、もうまともなところじゃあ雇ってもらえない」

「そうだろうね。それでやくざ者になったんでしょ」

「あいつ、あたしにも何も言わずに、江戸を出ちまいやがった。賭場荒らしをやって地回りの親分を刺したと聞いたときには、さすがに魂消たよ」

初めお絹は捜したが、知り合いの知り合いから、江戸を出たらしいと聞かされた。

「それから何年かして、あいつは江戸へ戻って来ていた」

両国広小路で、ばったり会ったそうな。

「それまでばあちゃんには、何も言ってこなかったの」

「こなかったね。こられなかったんだろ」

「どうしてさ。たった一人の身内じゃないか」

お絹は厳しいが、鬼でもなければ蛇でもない。とはいえたまに、鬼に見えるが。

「あいつはさ、江戸を出てからいろいろな街道で、旅人を強請ったりたかったりして暮らしていたらしい。ときには宿場の貸元の賭場を手伝って暮らしていたんだ」

柔術を覚えたのもその頃だ。街道で一匹狼や数人の荒くれ者だけで生きるには、力がなくてはならない。

「破落戸だねぇ。それじゃあ、合わせる顔はないね」

「まあそうだけどね。でもそれだけじゃあなかった。あいつは仲間三人で、とんでもない悪巧みをしていたんだ」

「蛭子屋への押込みだね」

ここまでのもろもろを考え合わせれば、想像はついた。

「そうだよ。その三人の賊の中の一人が、鮫次だったわけさ」

企みを知ったお絹は、倉蔵を説得して押込みの詳細を白状させた。

「あいつを、真人間にしたかったからね」

お絹が銭を出して、田楽屋の店を出させた。

「じゃあ鮫次にしたら、じいちゃんは誰よりも許せないやつだね」

「まあ、そうだろ。おまけに須黒の旦那から、十手まで預かっているんだから」

これは、江戸へ戻って知ったことだろう。

「じゃあ蛭子屋に押込んで旦那を殺したのは」

「そうさ。復讐するぞって、倉蔵を脅したんだ」

お絹は、躊躇いもなく口にした。

「鮫次って、どんな人だったの」

「詳しいことは知らないが、若い頃は湯島切通町の彫定とかいう錺職の家の職人だったって聞いたが」

銀煙管を彫っていた。二十五年も前だそうな。

七

翌日朝のうち、お鈴は蔵前の春米屋で看板描きの仕事をした。大黒様が、餅を搗いている絵だ。それから湯島切通町へ足を運んだ。

曇天で、突き刺さるような日差しでないのは助かった。ただ多少蒸す。歩いていると、じわりと汗が出てきた。

鮫次という人物に関心があった。若い頃は錺職人だったそうだが、どのような暮らしぶりをしていたのか。職人を続けられなかった事情もあるのだろう。ついには押込みを企むようにまでなった。

倉蔵を恨むのは理不尽だが、鮫次にしてみれば裏切られたという気持ちは大きいに違いない。それは仕方がないにしても、すでに十三年の歳月が経っていた。

八丈島での暮らしが過酷でも、恨みを持ち続けられるのか。日々の暮らしの中で、他の恨みや怒りが湧くのではないか。それとも、いつか江戸に戻って、復讐することを励みにして生きてきたのか。

お鈴には見当もつかない。とはいえ倉蔵に対する深い怨念を持っている人物を、自分で当たってみたかった。須黒は今の隠れ場所を捜しているらしいが、それはそれだと考えた。

二十五年も前のことを覚えている者がいるかどうか分からないが、当たってみるつもりだ。もしかしたら、現在の鮫次に繋がるかもしれない。

湯島切通町は湯島天神の裏手で、坂の下に当たる。不忍池にも近いあたりだった。お鈴はまず、町の自身番へ行った。

「錺職の彫定さんねえ。そういえばいたような」

今はいない。初老の書役が町の綴りを検めてくれた。

「ああこれだ」

綴りの中の文字を指差した。

十七年前にこのあたりで火事があった。火元に近く、家が焼けて親方も家族も職人も焼死してしまった。

この町には縁者もいないという話だった。

「そうですか」

がっかりしたが、仕方がなかった。

「二十五年前に働いていた人について、尋ねたかったのですが」

「あんたの、知り合いかね」

「おとっつぁんが世話になったとか」

一応そう告げた。

「ならば天神社地門前町へ行ってみたらいい。彫松という屋号の親方がいる」

彫定で修業をした錺職人だとか。被災しないで済んだ。今は煙管職の親方として成功し、職人も使っているのだとか。

早速行ってみた。途中、手土産の饅頭を買った。

昔彫定にいた職人について訊きたいと告げると、五十年配の親方が出てきて相手をしてくれた。

「ああ。鮫次ならば、覚えているよ」

「あいつは熱心でよく工夫をするやつだったが、喧嘩っ早くてねえ」

親方は、懐かしむ顔で言った。鮫次が二歳下だったとか。

「あいつが仕上げた品について、苦情を言う客がいてね」

大店の三代目で、注文がうるさかった。しかも気分屋で、日にちが過ぎると、前とは異なることを口にした。先代が彫定の大得意で、金持ちの客を紹介してくれた。

三代目はそれを鼻にかけて、傲慢だった。

「しつこくいろいろやられた」

初めは我慢していたが、煙管を土間に投げられた。

「それまで抑えていたんだが、鮫次のやつ堪え切れずに殴っちまった」

「まあ」

「私も近くにいた。傲慢な物言いで、嫌なやつだった。とはいえ、職人が客を殴っちまってはおしまいだ」

彫定にはいられなくなった。江戸ではまともなところで雇ってもらえず、江戸を出て行った。

「そうですか」

倉蔵と、似たような境遇だと思った。

「その後のことは分からない。どこかの大きなご城下で、下仕事でも何でも辛抱してやれば、食えない腕ではなかった。それで生きていてくれたらねえ」

残念そうな口ぶりだった。歳下の朋輩を思う気持ちがあるらしかった。

「それから、噂を聞くこともなかったんですか」

「いや。それがねえ」

無念そうな顔になった。

「中山道を経て旅をした知り合いがいたんだがね。嫌な噂を聞いてきた」

「鮫次という追剝のようなことをしている者がいるという話でね」

真偽のほどは分からない。江戸を出て、三、四年くらいしてからだそうな。目鼻立ちの整った男前というのが、嫌な符合だった。

「江戸に縁者はいなかったのですか」

鮫次は、常州の水呑百姓の三男だと、倉蔵からは聞いていた。

「遠縁が亀戸天神門前町で、小間物屋をしていたはずだが」

親しく付き合っていた気配はない。だいぶ遠いが、お鈴は深川の先の亀戸天神の門前町へ行くことにした。

炎天下にここまで来るのは辛いが、曇り空で助かった。

両国橋で大川を東へ渡った。さらに武家地を歩いて、大横川も越えた。亀戸天神は話には聞くが、来たのは初めてだった。

門前町こそあるが、その先は一面の田圃だった。藤棚が有名だが、今は時季が少しずれていた。

門前町の茶店の女中に訊くと、小間物を商う店は二軒あると教えられた。

一軒目では、店先に土産用の安物の櫛や簪を並べていた。中年の女房に声をかけた。

「鮫次なんて知らない」

と告げられた。

二軒目も親仁から「知らない」と告げられてがっかりした。

「せっかくここまで来て」

門前町の向こうに広がる田圃に目をやっていると、ため息が出た。

去りがたい気持ちでぼんやり立っていると、一軒目の店の裏手から、薪（まき）を割る音が聞こえてきた。裏手に廻ると、老人が薪割をしていた。

「精が出ますね」

声をかけると、小間物屋の隠居だと分かった。そこで鮫次を知っているかと問いかけた。

「ああ。遠い遠い親戚だ。他人のようなものさ」

と返された。

「とんでもないことをしやがった。親戚面をされるのは、迷惑な話だ」

押込みを謀ってしくじり、流罪になったことを知っていた。女房が知らないと言ったのは、流人が縁者にいたら迷惑という気持ちからだと察しられた。

「あいつは十三年前に押込みをやらかして、島へやられた。その前に、おれを訪ねてきた。久しぶりに江戸へ出てきたとか言ってよ」

「一人で、ですか」

「いや三人だったな」

倉蔵と、蛭子屋へ押込もうとしたときに殺された者を合わせての三人だと思われた。

「何しに来たんですか」

「銭を貸してほしいって。おれも銭はなかったが、百文ばかりやったっけ」

そのときの身なりを見たら返せないと分かったが、その後に押込みなどするとは考えもしなかった。気配も感じなかったとか。

共に江戸へ出てきた倉蔵も、姉のお絹を訪ねている。お絹は、倉蔵の胸の内にある異変を嗅ぎ取ったのだろうか。押込みの企みを、白状させていた。

「そのとき、仲間について何か言いませんでしたか」

「確か、水戸街道のどこかの宿場で知り合ったとか」

どうせ博奕場かなんかでだろうと付け足した。

「長い付き合いだったのですか」

「そうじゃあなさそうだな。三月くらい前に知り合って、気が合ったとか言っていた」

だとすれば押込みを企んだ三人には、深い繋がりはなく、しょせんは烏合の衆だったということになる。

「鮫次のやつは、江戸へ戻って来ているそうじゃねえか」

「ええ。でも、どうしてそれを知っているんですか」

少しばかり驚いた。

「定町廻り同心が、あいつのことを尋ねに来た」

須黒らしい。三日前だそうな。

今話したことは、その同心にも話したとか。須黒は仕事熱心な同心ではないが、今回は念入りな調べをしている様子だった。

鮫次が、ここへ来ていないか確かめに来たのだろう。今回は、来ていないという。

「現れたら、須黒の旦那に知らせることになっている」

隠居は言った。

八

倉蔵は、稲七の行方を追っていた。手先を連れている。何があるか分からないから、一人にはならないように気をつけた。

稲七は八丈島に流される前は、芝金杉通を縄張りにする地回りの子分だった。捕えられた十一年前には、賭場で壺振りの近くにいて世話をする中盆を務めていた。

ある夜、賭場に町奉行所の検めが入った。博奕は御法度だ。盆を仕切っていた稲七は、だいぶ慌てたようだ。

逃げずに捕り方に歯向かい、大怪我をさせてしまった。

それで八丈島送りになった。黙って捕らえられていれば、五十叩き程度で済んだはずだった。

島役人からの申し送りでは、鮫次と稲七は組んで、過酷な八丈島での流人暮らしをしてきたという。

島民には逆らわなかったが、流人同士では食べ物や住まいの奪い合いなどがあって、力の争いが頻発した。一人ではかなわないことでも、他に仲間を作ることで生き残ってきた。島に残されたままの仲間もいる。

「絆は深かろう」

とは、倉蔵だけでなく須黒も見込んでいた。

房州の貧しい漁師の子で、両親を流行病で亡くしてからは、七人いたきょうだいたちは離散していた。調べた限りでは、親しく付き合っている縁者は見当たらなかった。賭場で捕らえたので、詳しくは調べていなかった。

出自や育ちなど、そのときはどうでもよかった。

強請たかりで暮らしていて、地回りの子分になった。長脇差を握ると、喧嘩剣法で侍とでも渡り合った。腕に自信があったから、捕り方に歯向かった。

「あの野郎、島から帰ったんですかい」

前からの子分に訊くと、そういう返事が返って来た。十一年の間に地回りの子分はだいぶ入れ替わったが、稲七を覚えている者を捜すのに手間はかからなかった。

「賭場の検めがあった場合は、歯向かうとかえって面倒になる。ただ逃げろ」

と告げられていたが、かっとなって歯向かってしまった。

「余計なことをしやがって」

地回りの中では、評判はよくなかった。そのせいか江戸に戻ってからは、界隈に姿を見せた気配はなかった。

「どこかで見かけたり、噂を聞いたりした者がいるのではないか」

と考えた。しかしそう都合よくはいかなかった。

元地回りの子分で、今は倉庫番をしている老人がいた。親しくしていた者だというので、行って話を聞くことにした。

すると思いがけないことを口にした。

「稲七には、姉が築地にいたはずだ」

「そうか」

稲七は親きょうだいの話はほとんどしなかったが、姉のことを話したことがあったそうな。

「姉の名は。どこの町だ」

築地といっても広い。

「さあ、言っていたような気もするが」

しきりに首を傾げたが、思い出せなかった。

「それでは捜しようがない」

と考えたが、そうでもないと気がついた。稲七は、房州の出である。歳は三十九だから、姉はそれ以上となる。

「それで捜せないか」

唯一話題にした姉には、何かしらの思いがあるに違いない。それならば江戸に戻って、会いに行ったかもしれないではないか。

とはいえ、十一年以上前の話だ。今は築地にはいないかもしれない。倉蔵はそれでも、築地へ足を向けた。海べりの町だ。

「房州生まれの、四十代の女はいないか」

町の自身番で問いかけた。南小田原町（みなみおだわらちょう）と南本郷町（みなみほんごうちょう）ではいなかった。十一年以上前にも、いた形跡はなかった。

三つ目は上柳原町（かみやなぎはらちょう）で、ここには痕跡があった。

「お捜しの相手かどうかは分かりませんがね。そういう者はいましたよ」

居酒屋に住み込んで、女中をしていた。おたつという名だった。

「七、八年前に、出て行きました」

親仁に言われた。行き先は分からない。店を変わったんだろうと言い足した。

「行き先を、知っていそうな者はいないか」

「そうですね」

同じ頃に女中をしていた者が近くにいるというので、そこへ行った。

「おたつさんならば、霊岸島の居酒屋に行ったはずですよ」

場所と屋号を聞いた。それから女が言った。

「つい数日前、おたつさんを訪ねて来た男の人がいました」

「本当か」

覚えず声が大きくなった。日にちを訊くと、流人船が江戸へ戻ったその日のうちだった。

ようやく動きが見えた。

「ええ」

「四十前後の歳で、四角張った顔ではなかったか」

「そうです」

稲七に違いなかった。急いで霊岸島へ行った。すぐに居酒屋は捜し出せた。店にいた女房に尋ねた。

「確かに、おたつさんはいましたよ。でもねえ、ここへ来て二年ほどで、流行風邪をこじらせて亡くなりました」

「そうか」

驚いたが、どうしようもないことだった。そして稲七もここへ来ていた。

「ならばあいつも、姉が死んだことを知ったわけか」

声になった。ようやく稲七に近づけたと思ったら、遠ざかってしまった。きょうだいは他にもいたはずだが、一切話題にしていなかった。

付き合いはなかったとするならば、おたつが亡くなったことで、稲七はほぼ天涯孤独の身の上となったことになる。

「稲七はおれへの恨みはないが、姉の死を知って、怖いものなしにはなったわけだな」

倉蔵は呟いた。

九

倉蔵は、夕方近くになってうさぎ屋へ戻った。おトヨは一人で店を開くための用意をしている。お絹の住まいが探られた経緯があるから、うさぎ屋も何があるか分からないと感じた。

穏やかではない。体中に汗が噴き出た。蒸し暑いからだけではなかった。汗を拭く手拭いが、びしょびしょになった。

店の近くまで行って、すぐには中へ入らず周辺を探った。しかしそれらしい気配は感じなかった。

ただ近所の質屋の隠居が、声をかけてきた。

「だいぶ前だがね、菅笠(すげがさ)を被った二人の怪しげなやつがしばらく店の近くに立っていたよ」

店の様子を見張っていたらしいと付け足した。今日の昼下がりのことだ。

「顔は、見えましたか」

「下の半分だけだけどね」

角張った顎だったとか。

「稲七か」

と倉蔵は呟いた。

亀戸天神から戻ったお鈴は、甚五郎親方の家の前を通った。

今日は豆次郎の様子を見なかった。そのまま通り過ぎた。何とか頑張っているだろうという気持ちだ。

鮫次は鋳職を目指しながら、短気を起こしてしくじり、身を持ち崩した。島から帰っても正業にはつかず、復讐を企んでいる。

すでに押込みをして、人を殺めてしまっていた。

豆次郎がそこまで崩れるとは思わない。そんな度胸も気迫もないだろう。ただ人は境遇で変わる。

そんなことを考えていると、背後から声をかけられた。

「お鈴ちゃん」

豆次郎だった。思いつめた顔をしている。

「どうしたんだい」

つい邪険な言い方になった。顔を見ただけで、次に出てくる言葉の見当がついたからだ。

自分には、豆次郎のことよりももっと、何とかしなくてはならない問題があった。

「やっぱり、おいら」

口に湧いた唾を呑み込んでから、豆次郎は言葉を発した。けれどもその続きは、言わせなかった。腹が立っていた。

「弱音なんか吐くんじゃないよ。親方のところを出たら、行き場所のないあんたなんか、破落戸の子分にされて、いいように使われて野垂れ死にするだけだよ」

一気に言ってしまった。腹立たしかった。豆次郎には、おそらくうまくいかないことがあったのだ。それを訴えたかったのだろうが、お鈴には、それを受け入れるゆとりがなかった。

「だ、だって」

どう返したらよいか、迷っている。お鈴は、かまわず続けた。

「ふん。できないのなら工夫をすればいいんだし、できるまでやり直せばいいじゃないか。それをしないで、すぐに泣き言を口にして」

「…………」

豆次郎の顔が歪んだ。

「情けないやつだ」

吐き捨てるように告げると、お鈴は背を向けて歩き出した。豆次郎は何か言っていたが、振り返らなかった。

家に帰ったお鈴は、晩飯の支度を始める。これは何があっても、やらなくてはならない役目だった。少しでも手を抜けば、お絹に責められる。

今日は鰺のよいのが手に入ったので、塩焼きにするつもりだった。

米を研いでいると、倉蔵が姿を見せた。神妙な表情だ。

倉蔵は、ここまで調べたことをお絹に話している。お鈴も部屋に入って聞いた。そういうことは、許された。

そして倉蔵の話の後で、鮫次について聞いたことを伝えた。

「縁者がいないとなると居場所が摑めないわけだね」

「そういうことだ。すでに人を襲っているから、銭は持っている。知り合いを頼ることもないだろう」

お絹の言葉に、倉蔵が続けた。

須黒も、まったく手掛かりを摑めていない。鮫次と稲七の居場所を探るのは、至難の業だと思われた。

「それならばさ。わざわざ捜すことはないよ」

いきなりお絹が言った。迷いのない声と顔だ。

「えっ」

また何を言い出すのかと思って、お鈴はお絹の顔を見詰めた。

「めんどくさいだけじゃないか」

「しかしそれでは、捕まえられない」

倉蔵が返した。

「こっちから出かけなくても、待ってりゃあいいんだよ。黙っていたって、あいつら襲ってくるんだから」

「それはそうだな」

得心した顔で倉蔵が答えた。お鈴もそう思った。

十

「あいつらの目当ては倉蔵だが、じわじわと責めようとしている」

お絹は言った。

そうかもしれないという気は、お鈴もした。

「じいちゃんを殺すならば、蛭子屋などへは行かず、いきなり襲えばよかった。だって警戒をしていなかったんだから」

それをしなかったのは、苦しめた上で殺そうとしているからだとお絹は続けた。それくらい八丈島での暮らしは厳しかったのかもしれないが、だからといって押込みをするのは筋違いだ。

「あいつら、次はあたしを狙うよ。金があると思うからね」

卑しいやつらじゃないか、と鉄を磨いた。最終的には倉蔵を殺すのが向こうの狙いだとしても、その前にお絹とお鈴を殺し金を奪う算段だ。

「じゃあ、おれが手先と一緒にここに泊まろう」

倉蔵が言った。

「馬鹿だねえ。そんなことをしたら、襲っちゃあ来ないよ。女二人だけの暮らしだと思うから、襲ってくるんじゃないか」

お鈴の柔術のことは知っているにしても、しょせん小娘だと考えるだろう。

お絹とお鈴を殺して金を奪い、いったんは姿を隠す。ほとぼりが冷めた頃改めて倉蔵を襲うだろうというのがお絹の読みだ。

ただ襲撃を倉蔵に知らせるために、若い手先を一人泊まらせる。

「でもそれで、捕らえられるかね」

倉蔵には、捕らえる前にお絹らが殺されてしまうのではないかという危惧があるようだ。

「まあ、近所の若い衆を、味方につけておくよ」

お絹はその日のうちに、家の周辺の若い衆たちを家に集めた。十三人が集まった。その中には、嫌々やって来たという気配の者もいた。

しかしお絹は、気にする様子はなかった。それぞれに五匁銀を与えて言った。

「うちに何かあったら、鉦(かね)を鳴らす。そしたら飛んできて、手助けをおし。賊の退治ができたら、後で五匁銀を六枚（一両の半分）あげるよ」

人間は善意だけでは、命を張って他人を助けることはしないとお絹は考えているらしい。

その夜も、次の夜も、賊は来なかった。ただ家の様子を探りに来た者の気配はあった。出入りをしている豆腐屋の親仁が教えてくれた。

「やっぱり押込むのは、うちじゃなくてじいちゃんのところじゃあ」

お鈴は言った。

その夜は、何事もなかった。

翌々日の夜だ。その日まで、何事もなかった。

一度寝付いたお鈴だったが、家の外から微かな物音が聞こえて目を覚ました。隣に寝ていたお絹も、目を覚ました様子だった。何も言わず、枕元に置いていた鉦に手を伸ばした。

ばたんと音がして、戸板が外された。黒い影が五つ、家の中に乗り込んできた。鮫次と稲七なのは間違いないが、新たな仲間も引き連れていた。

「押込みだよ。五人いるよ」

お鈴は、枕元に置いておいた鉦を鳴らしながら叫んだ。鉦は、闇に響く音だった。泊まり込んでいた倉蔵の手先も、起きた気配だった。手先は、隣町の倉蔵のもとへ駆け出していった。

お鈴は、枕元に置いていた樫の棒を手にした。相手が刃物を持っていたら、柔術では歯が立たないことがある。

足音が響いた。小さな家だ。お鈴もお絹も起き上がった。黒ずくめの男たちが現れた。一人が、火のついた蠟燭を持っていた。

「鮫次と稲七だね」

怯まない声で、お絹が言った。鉞を構えている。押込んできた男たちは、すでに抜身の長脇差か匕首を握っていた。

「死にたくなければ、あるだけの金を出せ」

凄味を利かせた声だった。

「ふん。渡したら、殺すんだろ」

お絹は蠟燭を手にした男を睨み返した。蠟燭一本だから、部屋の中は暗い。

「このばばあ、くたばれ」

匕首を押し込んできた者がいたが、足元に置いてあった火鉢に躓いた。

「わあっ」

前のめりになって倒れた。こうなることを想定して、お鈴が火鉢を置いていた。針の先を上に向けた、裁縫道具も置いていた。賊たちには、それは見えない。

お鈴は火鉢に蹴躓いた賊の背中を、樫の棒で叩いた。遠慮はしなかった。

「ううっ」

起き上がる気配はなかった。

「うえぇっ」

針山を踏んだ者もいた。それで押込んだ者たちに、乱れが出た。

お鈴は針山を踏んだ男を樫の棒で打とうとしたが、横手から長脇差が迫ってくるのに気がついた。

体の向きを変えて、迫ってきた長脇差の刀身を樫の棒で受けた。手が痺れるほどの衝撃があったが、棒は折れずに刀身を受け止めた。

刀身は棒に刺さったかに見えたが、相手はすぐに外した。そして半歩身を引いた。

微かな光の中だったが、ずんぐりした体が見えた。

「稲七だね」

お鈴は声を上げた。長脇差を持っている分、向こうの方が有利だ。

「やっ」

何も答えず、長脇差を振るってきた。斜め上から、首筋を目指して刀身が振り下ろされてくる。

空を斬る音が聞こえた。

「負けるものか」

声に出しながら、前に出た。樫の棒を払い上げた。落ちてきた刀身とぶつかった。鈍い音がしたが、棒は折れなかった。

お鈴は握っている棒を、目の前にある男の体に突き出した。目と鼻の先にあると思ったが、棒の先は空を突いていた。

相手は横に飛んでいた。

とはいっても狭い部屋の中だから、遠く離れたわけではなかった。お鈴は、もう一歩前に踏み出した。手の甲を、打ってやろうと思っていた。

しかし相手は、さらに回り込んで、肩先を狙う一撃を振って寄こした。刀身が生き物のような、不気味な動きをした。

お鈴は、斜め後ろに身を引いた。

がつっと、鈍い音がした。相手の刀身が、柱に突き刺さったのだった。お鈴はそこに柱があると分かっていて、身を引いたのだ。

相手は渾身の力をこめていたのかもしれない。刀身は、簡単には抜けなかった。お鈴は樫の棒で、焦る賊の腕に打ち込もうとした。

柄を握っていては、相手は避け切れない。長脇差が手から離れれば、こちらのものだ。けれどもそのとき、横手から匕首の切っ先が突き出されてきた。押込んできた一人が、攻めてきたのだ。

好機だが、お鈴は迫ってきた切っ先を払うしかなかった。そのときの体の動きに無理があったのか、わずかによろめいた。

ちょうどそのとき、賊の柱に突き刺さった刀身が抜けた。

「覚悟をしやがれ」

言いながら、胸を目がけて突き込んできた。お鈴は樫の棒で、それを払い落とした。

そのときだ。

家の外で、乱れる足音と人の声がした。

「押込みだ」

「とっ捕まえろ」

叫んでいる。一人や二人ではなかった。建物の中にも、踏み込んできた。

「ううっ」

目の前の、ずんぐりとした体の男の動きに、迷いが生じていた。長脇差の切っ先が揺れている。

お鈴はその機を逃さない。手にあった樫の棒を捨てると、相手の右の手首を摑んだ。同時に肩から体をぶつける。

「たあっ」

腰を入れて腕を引くと、相手の体がすうっと浮かんだように感じた。そのまま下に、投げつけた。

摑んでいた腕を、捩じり上げた。躊躇いはない。こきと音がして、脱臼したのが分かった。

ここで初めて、周りを見回した。町の若い衆がやって来て、他の賊と争っていた。十人前後はいると思われた。

皆が突棒（つくぼう）や刺股（さすまた）を手にしていた。

乱闘があって、少しの間に四人の押込みを捕らえることができた。その中には、月代を剃り、髷もきちんと結った、整った面貌の長身の者もいた。松明（たいまつ）を手にして来た者もいて、その様子がはっきりと見えた。

鉞を手にしたお絹も、無事だった。お絹は争わなかったようだ。勝手知ったる家の中だった。暗いのが幸いした。火鉢や針山だけでなく、水桶や古傘なども置いていた。

お絹はそれを避けられたが、暗がりで見えない賊は躓いた。倒れた男の体に、二人の男が躍りかかった。

突棒で腹を突かれた男は、手にあった長脇差を落とした。下腹にすっぽり嵌ったようだ。多勢に無勢で、賊たちはすべて取り押さえられた。

そこへ倉蔵が駆け付けてきた。

「捕らえているじゃあねえか」

驚きの声を上げた。

「そうだよ。いざとなったら、こんなものさ」

お絹は、誇らしげに言った。

倉蔵は、押込んできた者たちの顔を一つ一つ検めた。長身の整った面貌の鮫次、四角張った顔のずんぐりした体の男を稲七だと認めた。

縄をかけて、大番屋へ連行した。

十一

翌朝になってから、須黒と吟味方与力が姿を見せた。取り調べは与力が行った。倉蔵が同じ部屋の隅に腰を下ろした。

吟味には加わらないが、やり取りを聞く。

破落戸三人は、鮫次が声をかけて集めた。銭で雇った無宿者である。一両やると言われてついてきた。

「死ぬほどの覚悟なんかなかったさ。危なくなったら逃げればいいと思った」

その程度の連中だった。鮫次と会ったのは、声をかけられたときが初めてだった。

鮫次の気持ちは違った。お絹とお鈴は、倉蔵の血縁である。

「ばばあと娘を殺して、金を奪う腹だった」

やり遂げるまで、逃げる気持ちなどまったくなかった。お絹が鉞を持っていて、お鈴に柔術の心得があることは知っていた。しかしこちらは刃物を持った男五人で、襲えないとは思わなかった。

「初めは倉蔵や配下の手先が多勢寝起きしていると思ったが、一人だった」

「調べたのか」

「人を使った」

「確かめた上で、押込んだわけだな」

「そうだ。倉蔵を、追いつめるつもりだった」

と白状した。ほとぼりが冷めた頃、目当ての倉蔵を襲う。このあたりは、お絹の読み通りだった。

「倉蔵が、それほどに憎かったわけか」

「当り前だ。あいつは押入ったおれたち二人を裏切った。一人が殺され、おれは八丈島へ送られた」

「押込めばそうなるだろう。倉蔵は押込む前に、止めようと言ったそうではないか」

このことは、すでに須黒に話していた。

「何をほざきやがる。あいつだって、本心では銭が欲しかったんだ」

鮫次の震える声が大きくなった。

「八丈島の冬は、風が強くて凍えるほどだ。稲七たちと体を寄せ合った。まともな食い物など、何もねえ。生きるか死ぬかの瀬戸際だった」

遠島は、そこにいていいというだけのことだ。生きるための手立てを、与えられるわけではなかった。

「…………」

「いつか島から出られたら、倉蔵を苦しませ悲しませてから殺してやる。それが生きる支えだったんだ」

鮫次は言った。鮫次が初めて倉蔵と知り合ったのは、江戸へ出てくる三月ほど前だった。水戸街道の宿場で、三人で組んで旅人の路銀を奪った。

「それでも食えたが、もっと大きなことをしようと話し合った」

それで江戸へ出てきた。蛭子屋を襲ったのは、先代の主人が鮫次の銀煙管を買って、届けたことがあったからだ。金があるのは分かっていた。

「稲七とは、八丈島で知り合った。仲間になることで、生き延びてきたんだ。十年の付き合いだ」

復讐をしたら、江戸では、面白おかしく過ごしてやろうと話していた。

次に稲七に尋問をした。稲七は江戸へ戻ってすぐ姉を訪ねたが、亡くなっていると分かった。

「流人船に乗せられて江戸を出るとき、姉貴は永代橋まで見送りに来た。たまに会えば喧嘩ばかりをしていたが、あのときは涙が出た」

他の親族との関わりは一切なかった。島では、姉のことだけを考えた。しかし戻って来て、天涯孤独の身の上になったと分かった。そうなると、まともに生きるつもりにはならなかった。

「鮫次と組んで復讐の手伝いをし、ひと稼ぎをしようと考えた」

ばばあの金貸しなど、殺せばいい程度の気持ちだった。

「町の若い衆が、すぐに出てきたぞ」

「ああ、それには魂消た」

と言ってから続けた。

「あの鉞を手にしたばばあの度胸にも。少しも慌てていなかった」

鮫次と稲七は、死罪となる。

お鈴はお絹と一緒に、大番屋から戻って来た倉蔵から、取り調べの模様を聞いた。

「勝手な言い分だね。押入ったりしなけりゃあ、こんなことにはならなかったのに」

聞き終えたお鈴は返した。

「そんなやつと、たった三月でも仲間になったあんたが悪いんだよ」

お絹は倉蔵に言った。

「あの頃はおれも、どうなってもいいと思っていたからな」

倉蔵は昔を懐かしむ顔になっている。

「だからさっさと、あたしのところへ来ればよかったんだ」

「訪ねたときには、何しに来やがったとか言っていたじゃあねえか」

昔から、お絹の口は悪かったらしい。ただお絹がいたことで、倉蔵はまともな暮らしができるようになったのは間違いない。

「それにしても町の若い衆は、よく出てきてくれたねえ」

お鈴は言った。出てきてくれなければ、どうなったかは分からない。口には出さなかったが、不安がなかったわけではなかった。

「やっぱり、銀三十匁の力は大きいね」

若い衆の助っ人は、そのせいだと思っている。

「馬鹿をお言いじゃない」

聞いたお絹は怒った。そのまま続けた。

「人は銭だけじゃ動かない。命懸けだったんだからね。捨てておけないという気持ちがあるから、出てきたんだ」

そういう人間がすべてではない。事実、五匁銀を受け取っていても、出てこない者はいた。

「そこんところは、忘れちゃあいけないよ」

お絹に言われた。

「銭で解決しようとしたのは、そっちじゃないか」

都合のいいことを言われた気がしたが、お絹の言葉は間違ってはいないと感じた。

十二

その翌々日、お鈴のもとへ豆次郎が訪ねてきた。すでに七月になって、昼間はともかく、朝夕は涼しくなってきた。蟬の音も、だいぶ少なくなった。

弱音を吐かれてどやしつけて以来、豆次郎とは会っていなかった。

「あんなやつ、どうにでもなれ」

あいつじゃあ、どうせ悪党にもなれやしないと、そのままにしていたのである。今日は、晴れ晴れとした顔をしていた。

「どうしたんだい」

少し邪険な口調で言った。

「錠前が、できたんだよ。新しいのがさ」

甚五郎に命じられて、なかなかできなかった品だ。

「何だ、できたんじゃないか」

面白くもないという口調にして答えた。

「出て行くんじゃ、なかったのかい」

続けて、嫌味を言ってやった。

「お鈴ちゃんに、見せようと思ってさ」

豆次郎は気にしない。間抜けだから感じないのかもしれないと、腹の中で憎まれ口を利いた。

「お出しよ。見てあげるから」

「うん」

豆次郎は、風呂敷包を開いた。前の呉服屋の土蔵用よりも、さらに頑丈な造りだった。

鍵を突き刺す部分を見れば、複雑になっているのが分かった。

「これならば、よほどの名人だって容易くは破れないよ」

満足そうに言っている。鍵を差し込むと、かちゃりと音を立てて錠前は開かれた。

「ふーん」

さんざん弱音を吐いていたが、結局はやり通したのだ。錠前の詳しいことは分からないが、これまでよりも一つ上のことができるようになったのだと感じた。

「こいつは」

見た目はへらっとしているが、案外芯の強いやつなのかもしれないとお鈴は思った。何だかんだ言いながら、着実に腕を上げている。

「弱音を吐かずに、せいぜい精進するんだね。いつかは一人前になれるよ」

妬ましい気持ちを抑えながら口にした。それは、自身にも向けた言葉だとお鈴には分かっていた。

解説

大矢博子

祖母と孫娘の話——と言われると、ほんわかほのぼのを連想する人が多いのではないだろうか。ＮＨＫの朝ドラで見るような、悩める孫娘を優しく包む人生経験豊かなおばあちゃん。母と娘とはまた違う距離感だからこその、心温まる交流。

——てな話を予想してこの文庫のページをめくった人は驚くだろう。ほんわかほのぼのとは対極にいる祖母。それがお絹。優しく包むどころか、厳しく突き放した上にケツを蹴り上げる（比喩です）祖母。それがお絹だ。

孫娘の名前はお鈴。幼くして火事で両親を亡くしたお鈴は祖母のお絹に引き取られ、育てられた。だがお鈴はこの祖母を少々苦手にしている。お絹の仕事は金貸し。しかも証文通り返せないなら家や娘を売らせてでも回収するという厳しさだ。金を貸すときには研ぎ上げた鉞（まさかり）を見せて脅しながら念押しする始末。タチの悪い客に対して実際にその鉞を振るったことさえある。「鉞ばばあ」「江戸最強の意地悪ばばあ」と綽名（あだな）される所以（ゆえん）だ。

一巻で十六、本書では十七歳になったお鈴は、看板の絵描き仕事をしているが、独り立ちにはまだまだ遠い。本書はそんなお絹とお鈴を中心に、お絹の弟で岡っ引きの倉蔵を交えて描く捕物帳仕立ての連作である。

一巻では、借金が返せなくなった商家の主人の自死騒ぎや、町人に狼藉(ろうぜき)を働いた武家の息子を懲らしめる話など三話が収録されていた。いずれも金貸しという仕事のリアルや、人が金を借りる・貸すとはどういうことなのかというシビアなテーマが綴(つづ)られるとともに、捕物帳ならではの痛快さとカタルシスに満ちた物語である。

本書もその楽しさは健在だ。第一話「売れない絵師」は、借金が返せなくなった絵師が橋の上から身を投げようとする場面で幕を開ける。たまたま居合わせたお鈴がなんとか止めたものの、絵師はもう絵を描く気になれないと言う。そこにはある理由があった。

第二話「落とした富籤(とみくじ)」は、せっかく当たった富籤を落としてしまった男の話。それを拾った男がさも自分で買ったもののように引き換えにやってきた。果たしてそれが落とし物だと証明することはできるのか？

第三話「昔の悪い仲間」では、倉蔵の過去が語られる。十三年前、倉蔵のせいで捕縛されて遠島になった悪党が、ご赦免になって戻ってきたのだ。倉蔵に恨みを晴らすため、その悪党は倉蔵の周囲に手を伸ばす――。

この第三話では倉蔵の昔の話が大きな読みどころ。孤児だったお絹と倉蔵がどう成長してきて今があるのか、その一部が垣間見える。そしてそれこそが本書の、あるいは本シリーズの大きなテーマにつながると私は考えている。

金貸しという仕事や、金を借りる側の人間模様などなど、前巻から本書にかけて、注目願いたい箇所は多い。だがその中で私が特に目を引かれたのは、「一人前になりたい」というお鈴の強いこだわりだ。

もしもあなたが電子書籍でお読みなら、「一人前」「半人前」で検索してみていただきたい。

〈「早く一人前になりたい」それがお鈴の夢だった〉〈早く一人前になりたいと思っているが、なかなかできない〉〈半人前と決めつけられるのが、一番悔しい〉〈子ども扱いや半人前扱いをされるのは、何よりも腹立たしい〉〈半人前扱いをするなと思った〉など。幼馴染で錠前職人の修業をしている豆次郎がいい仕事をしたときには、感心しつつも内心は妬ましさを感じる場面もある。

何をそんなに焦っているのか、と不思議に思うほどお鈴は焦っている。

お鈴はお絹に引き取られたときから、「食べさせてやっているんだから」と家事を任され、十歳の頃から祖母に代わって利息の取り立てに行っていた。祖母の苛烈さを恨みに思う者も多く、前巻では石を投げられるなどの目にも遭っている。こんな生活はやめて早く独り立ちしたいと思っても不思議はない。だが看板描きとして成果を上げてはいるものの、まだまだひとりで長屋を借りて暮らせるほどではないというジレンマがあるわけだ。

この焦りは若さの特権だ。何者かになりたくて、認められたくて、でもまだ自分がその器ではないということを認めざるを得ない現実の中にお鈴はいる。そしてお鈴が半人前だと突きつけるのは、誰あろうお絹に他ならない。

どの事件も最初に気付いたり巻き込まれたりするのはお鈴で、そこから彼女も自分なりに探索する。しかし人生経験の少なさゆえに表面的にしか物事を見られない。そこをカバーするのがお絹であり倉蔵だ。お鈴が浅い考えで行き詰まったとき、実はお絹と倉蔵は二手も三手も先を考えて動いている。そのおかげで事件は解決するのだが、お鈴は毎度、半人前を自覚してほぞを噛(か)むことになる。

うまいなあ。ここが実にうまい。

なぜなら読者にはわかるからだ。半人前だと突きつけることで、お絹はとても大事なことを身をもってお鈴に教えているということを。それこそがお絹の教育であり、愛情なのだということを。若いお鈴にはわからない。けれど読者には伝わるように著者は描いている。

お絹は常に、まずお鈴のやりたいようにやらせていることにお気づきだろうか。やりたいならやってみればいい、というスタンスだ。けれどそこで気をつけるべきこと、やってはいけないことは前もってきちんと伝える。その上で、お鈴が行き詰まったり危ない目に遭ったりしたときには、ちゃんとお絹や倉蔵によるセーフティネットが張られている。これは育てる側からすれば、常にそばにいて手出し口出しするよりもずっと勇気と度胸の要ることだ。

自分なりにこれが正解だと思って行動した。お鈴は半人前の自分を自覚する。けれどお絹の方が二枚も三枚も上手だった。その現実を突きつけられるたびに、お鈴は半人前の自分を自覚する。これほど効果的な教育があるだろうか。

そこまでお鈴のことを慮(おもんぱか)っているなら、普通に優しくすればいいではないか――と思われるかもしれない。けれどそれではダメなのだ。それが本書で語られる、お絹と倉蔵の過去から読み取れる。

ふたりの過去がどのようなものだったかは本編でご確認いただきたいが、お絹とお鈴に共通しているのは親がいないという点だ。辛酸を嘗(な)めて今の生活を手にしたお絹と倉蔵にとって、生きていく上で必要なものは「覚悟」なのだ。第三話で語られる倉蔵の過去をご覧いただきたい。過去は消せない。それでも人はやり直せるのだと、倉蔵とお絹は知っている。

感情が先に立って、どうしても甘い考えになってしまうお鈴には、まだ「覚悟」の何たるかがわかっていない。お鈴が半人前だと突きつけることは、畢竟、覚悟を促していることに他ならない。そしてお絹も倉蔵も、自分たちが味わった思いをお鈴には味わわせないように見守っていることがわかるだろう。ひとりで生きていけるだけの心根が身につくように、お絹はお鈴にあらゆる形で手本を見せている。これはお鈴が本当の意味で独り立ちする「覚悟」を得るまでの、お鈴の成長物語でもあるのだ。

その「覚悟」がわかったとき、お鈴はおそらく、お絹と離れて暮らそうとは思わないのではないかと予想している。それは厳しいだけに見えたお絹の深い愛情を理解するときでもあるのだから。

祖母と孫娘、という言葉の持つほんわかほのぼののイメージとは程遠いふたりである。俗に「年寄りっ子の三文安」と言うが、お絹の場合は三文安どころか、その三文に利息をつけて回収するに違いない。しかしその根底にあるのは、まぎれもなくほのぼのした暖かな愛情なのだ。一見、そうは見えないだけで、読者にはちゃんと伝わっているのである。さて、お鈴に伝わるのはいつだろう？　その日が今から待ち遠しい。

（おおや・ひろこ　書評家）

本書は、集英社文庫のために書き下ろされた作品です。

千野隆司の本

鉞ばばあと孫娘貸金始末

お鈴は金貸しの祖母お絹と二人暮らし。お絹から金を借りた袋物屋が首を括って死んだ。だがお絹は殺しだと言い、お鈴に様子を……。江戸最強の意地悪ばばあとお転婆孫娘の痛快事件帖。

集英社文庫

集英社文庫　目録（日本文学）

田辺聖子　春のめざめは紫の巻　新・私本源氏
田辺聖子　恋のからたち垣の巻　異本源氏物語
田辺聖子　ふわふわ玉人生　楽老抄Ⅲ
田辺聖子　恋にあっぷあっぷ
田辺聖子　返事はあした
田辺聖子　お気に入りの孤独
田辺聖子　お目にかかれて満足です(上)(下)
田辺聖子　そのときはそのとき　楽老抄Ⅳ
田辺聖子　われにやさしき人多かりき　わたしの文学人生
谷　瑞恵　思い出のとき修理します
谷　瑞恵　思い出のとき修理します2　明日を動かす歯車
谷　瑞恵　思い出のとき修理します3　空からの時報
谷　瑞恵　思い出のとき修理します4　永久時計を胸に
谷　瑞恵　木もれ日を縫う
谷川俊太郎　わらべうた
谷川俊太郎　これが私の優しさです　谷川俊太郎詩集

谷川俊太郎　ONCE　―ワンス―
谷川俊太郎　谷川俊太郎詩選集　1
谷川俊太郎　谷川俊太郎詩選集　2
谷川俊太郎　谷川俊太郎詩選集　3
谷川俊太郎　二十億光年の孤独
谷川俊太郎　62のソネット＋36
谷川俊太郎　谷川俊太郎詩選集　4
谷川俊太郎　私の胸は小さすぎる　恋愛詩ベスト96
谷川俊太郎　いつかどこかで　子どもの詩ベスト147
谷崎潤一郎　谷崎潤一郎犯罪小説集
谷崎潤一郎　谷崎潤一郎マゾヒズム小説集
谷崎潤一郎　谷崎潤一郎フェティシズム小説集
谷崎由依　鏡のなかのアジア
谷崎由依　遠の眠りの
谷村志穂　なんて遠い海
谷村志穂　シュークリアの海

谷村志穂・飛田和緒　ごちそう山（さん）
谷村志穂　ベリーショート
谷村志穂　妖精愛
谷村志穂　カンバセーション！
谷村志穂　白の月
谷村志穂　恋のいろ
谷村志穂　愛のいろ
谷村志穂　3センチヒールの靴
谷村志穂　空しか、見えない
谷村志穂　ききりんご紀行
種村直樹　東京ステーションホテル物語
田村麻美　ブスのマーケティング戦略
千野隆司　銭（ぜに）ばばあと孫娘貸金始末
千野隆司　札差市三郎の女房
千野隆司　まがいもの　銭（ぜに）ばばあと孫娘貸金始末
千早　茜　魚神（いおがみ）

S 集英社文庫

銭(まきかり)ばばあと孫娘貸金始末(まごむすめかしきんしまつ)　まがいもの

2024年1月25日　第1刷　　定価はカバーに表示してあります。

著　者　千野隆司(ちのたかし)

発行者　樋口尚也

発行所　株式会社 集英社
東京都千代田区一ツ橋2-5-10　〒101-8050
電話【編集部】03-3230-6095
【読者係】03-3230-6080
【販売部】03-3230-6393(書店専用)

印　刷　図書印刷株式会社

製　本　図書印刷株式会社

フォーマットデザイン　アリヤマデザインストア　　マークデザイン　居山浩二

ISBN978-4-08-744607-4 C0193